Carl Franke

Die Brüder Grimm

Ihr Leben und Wirken

Carl Franke

Die Brüder Grimm
Ihr Leben und Wirken

ISBN/EAN: 9783741130380

Hergestellt in Europa, USA, Kanada, Australien, Japan

Cover: Foto ©Raphael Reischuk / pixelio.de

Manufactured and distributed by brebook publishing software
(www.brebook.com)

Carl Franke

Die Brüder Grimm

Die Brüder Grimm.

Ihr Leben und Wirken,

in gemeinfaßlicher Weise dargestellt

von

Dr. Carl Franke.

Dresden und Leipzig.
Verlag von Carl Reißner.
1899.

Inhalt.

		Seite
I.	Charakterschilderung der Brüder Grimm	1
II.	Die Knaben- und Studentenzeit	9
III.	Die Beschäftigung mit dem altdeutschen Schrifttum vor den Brüdern Grimm	20
IV.	Die Brüder Grimm und die Franzosenzeit	30
V.	Die Märchen	46
VI.	Sagenforschung	53
VII.	Die Brüder Grimm und die deutschen Fürsten	61
VIII.	Entstehung und Wirkung der Grammatik	77
IX.	Der Verkehr mit Lachmann und die Nibelungenliedfrage	96
X.	Jakob Grimm und das deutsche Recht	104
XI.	Reinhart Fuchs und Vribanks Bescheidenheit	109
XII.	Jakobs Mythologie	111
XIII.	Das Wörterbuch	115
XIV.	Der Berliner Aufenthalt	119
XV.	Politische Thaten und Worte Jakob Grimms	123
XVI.	Geschichte der deutschen Sprache	131
XVII.	Zur Geschichte des Reims	133
XVIII.	Das Greisenalter der Brüder Grimm	136
XIX.	Würdigung der Brüder Grimm	144

Anhang.

A.	Chronologisches Verzeichnis der Schriften der Brüder Grimm	154
B.	Briefe der Brüder Grimm	174
C.	Schriften über die Brüder Grimm	174
D.	Anmerkungen	175

Charakterschilderung der Brüder Grimm.

Wenn auch die Namen Benecke, Lachmann, Haupt und andere einen guten Klang in germanistischen Kreisen haben, dem deutschen Volke sind sie unbekannt. Wie diesem aber mit dem Namen Luther die Reformation, mit den Namen Schiller und Goethe die Blütezeit des neuhochdeutschen Schrifttums unzertrennlich verknüpft ist, so mit denen der Brüder Grimm die deutsche Sprach= und Altertumswissenschaft. Wir sagen, die Brüder Grimm; denn so oder die Gebrüder Grimm, nicht Jakob und Wilhelm Grimm nennt schon längst der deutsche Volksmund die beiden volkstümlichsten Germanisten. Ihre Vornamen dürften selbst den meisten Gebildeten unbekannt sein; doch die Gebrüder Grimm kennt auch der schlichte Mann des Volkes und verehrt sie als Erforscher deutscher Sprache und deutschen Schrifttums.

So ist in der Erinnerung des Volkes dieses hehre Brüderpaar zur untrennbaren Einheit verschmolzen, und auch in diesem Falle scheint uns des Volkes Stimme Gottes Stimme zu sein. Wohl ist Jakob wie im Leben so auch im Forschen beider der Führende, wohl vermag diesem bei seinem staunen=

erregenden Wissen, bei seinem ebenso tief einbringenden wie sorgfältig ordnenden Verstande, bei seinem genialen Forscher= blicke, der das ganze Gebiet des deutschen Altertums umfaßte ohne das Kleinste zu übersehen, selbst sein Bruder Wilhelm den Rang als erstem der Germanisten nicht streitig zu machen; doch diesen, dessen Name bei der so eng verknüpften Forscher= arbeit beider in einer Lebensbeschreibung Jakobs gar nicht verschwiegen werden kann, in die Stellung eines Hilfsarbeiters oder Schülers herunterzubrücken, wäre nicht bloß ungerecht, sondern gäbe auch kein getreues Bild Jakob Grimms. Bei großen Männern ist oft das, was sie bewirkt, nicht weniger bedeutend, als was sie gethan haben. Wie Großes auch Jakob Grimm für die Erforschung der deutschen Sprache, des deutschen Rechtes und der deutschen Mythologie geleistet hat, um die deutsche Sage und Dichtung hat er sich dadurch das größte Verdienst erworben, daß er seinen Bruder zu deren Erforschung anregte.

Denn noch geeigneter als er, war dieser dazu, der die= selbe Tiefe des Gemütes und Lebendigkeit der Phantasie besaß, außerdem aber noch die ruhige Beschaulichkeit des epischen Dichters.

Doch beider Arbeitsfeld ist nicht etwa streng getrennt, viele ihrer Werke und darunter die bedeutendsten tragen beider Namen als Verfasser; allein auch bei denen, die ein jeder einzeln veröffentlichte, ist zweifellos eine gegenseitige Ver= ständigung und Beratung vorangegangen, und nicht wird Wilhelm immer nur der Nehmende dabei gewesen sein, nein oft auch der Gebende, sodaß wohl selbst einem Jakob Grimm ohne die treue Mitarbeiterschaft seines Bruders die Beherrschung sämtlicher Gebiete der Germanistik unmöglich gewesen wäre. Daß wir uns in dieser Weise das gegenseitige Verhältnis beiber zu benken haben, zeigen beutlich bie von Jakob in seiner Lebensbeschreibung 1830 ausgesprochenen Worte:

„Von Jugend auf lebten wir in brüderlicher Gütergemein= schaft; Geld, Bücher und angelegte Kollektaneen gehörten uns zusammen, es war natürlich, auch viele unserer Arbeiten genau zu verbinden. Es war uns auch beiden förderlich. Eine solche Verbindung schriftstellerischer Thätigkeit ist es besonders für eine gewisse Zeit, wo sich abweichende Ansichten noch nicht deutlich ausgeprägt haben, wo das, worin einer dem andern zu weit oder nicht weit genug geht, noch nicht hinreichend entwickelt worden ist. Späterhin kann es auch wieder vor= teilhaft sein auf die eigne Hand Bücher zu schreiben, ohne daß die fortwährende gegenseitige und nähere Teilnahme an den Arbeiten des andern dadurch gestört wird. Wenn ich meinen Bruder hier rühmen dürfte, so könnte ich es viel besser als andere.“

Da eines Mannes Kraft nicht genügte, um gleichzeitig unserer alten Vorfahren Sprache, Recht, Glauben, Sage und Dichtung aus dem Verborgenen an das Licht streng wissen= schaftlicher Forschung zu ziehen, und da es gleichwohl not= wendig war, daß diese übermenschliche Arbeit in einem Geiste unternommen wurde, so sandte die Vorsehung dem deutschen Volke ein auf das innigste verknüpftes Brüderpaar, verschieden an Anlagen, aber gleich an Liebe für deutsche Sprache und Art sowie an unermüdlichem Forschertriebe.

Schon in dem, was sie sammelten, lag ein Unterschied. Während Jakob alles nur irgendwie auf Germanistik Bezüg= liche zusammentrug, hatte Wilhelm bei seinen Sammlungen fast bloß die in Angriff genommenen Gegenstände im Auge. Der verschiedenen Art des Sammelns entsprach auch die Reihen= folge der bearbeiteten Gegenstände. Während man bei Wilhelm

1*

beobachten kann, wie er Schritt für Schritt nach Art des
Talentes dem ins Auge gefaßten Ziele, der Erforschung der
deutschen Sage und Dichtung, näher rückt, durchlebt Jakob
wie jedes Genie erst seine Sturm- und Drangperiode. Gewaltig ist er in seinen Entwürfen, schreitet auch begeistert an
deren Ausführung heran; da ihm aber bereits bei Beginn
seiner Forscherthätigkeit das ganze Gebiet der Germanistik
Interesse einflößt, so läßt er sich oft von seinem Hauptziel
ablocken. Infolge davon bleibt ihm schon in dem ersten Zeit-
laufe seines Forschens kein wesentlicher Bestandteil der Germanistik fremd, allein zur Ausführung seiner damals mit
ebensoviel Kühnheit als Scharffinn entworfenen Pläne hat
Wilhelm mehr beigetragen als er selbst. Jener hat noch in
diesem Zeitraume die Märchensammlung beendet, im darauf
folgenden aber, während dessen Jakob so grundlegend auf dem
grammatischen Gebiete wirkte, die Sagenforschung zu einem
mustergültigen Abschluß gebracht. Doch das ganze germanistische Fach zu beherrschen, ist ihm nie in den Sinn gekommen.

Seine geniale Kühnheit hat sich Jakob das ganze Leben
hindurch bewahrt. „Wer nichts wagt, gewinnt nichts" —
und: „Man darf mitten unter dem Greifen nach der neuen
Frucht auch den Mut des Fehlens haben" — waren seine
Grundsätze. Die Wage hielt aber dieser Kühnheit sein Ordnung schaffender Verstand, der im Wirrwarr der Einzelheiten
auf das Ganze gerichtet blieb und rasch die Bedeutung des
Einzelnen und Kleinsten dafür erkannte.

Wie ein Genie wohl langsam sammeln und an dem Ge-
schaffenen langsam feilen, jedoch nicht langsam, sondern nur
aus einem Geiste schaffen kann, so arbeitete auch Jakob leiden-
schaftlich und rasch seine Werke aus, und oft kamen ihm erst
die erleuchtetsten Gedanken, wenn der Setzer bereits auf den

Bogen wartete. Das Gebotene dem Leser mundgerecht zu machen, daran dachte er nicht. An den Franzosen Adolphe Regnier schreibt er einst:

„Unsere Art zu studieren und im Publikum aufzutreten weicht von der französischen ohne Zweifel oft zu unserem Nachteile ab, hängt aber zusammen mit unserer politischen Zerstückung und Ohnmacht. Wir freuen uns still des Einzelnen und Kleinen, pflegen nicht auf die Wirkung zu achten noch sie zum Ziel zu nehmen, die unsere Werke in der Welt hervorbringen können, und meinen, es sei genug, was man über einen Gegenstand wisse und herausgebracht habe, alles herzlich herzugeben. Meinen Untersuchungen sollte man den Ernst und die Lust ansehen, aus der sie entsprungen sind, ich dachte nicht daran, den Lesern den Weg leichter zu machen, als er mir geworden ist; ich habe überhaupt nur in mir den Trieb zu lernen, nicht den zu lehren, und darüber, daß ich andere hin und wieder etwas lehrte, lernte ich selbst unverhältnismäßig mehr hinzu."

Demnach fehlt Jakobs Stil das Rhetorische; doch besitzt er die so erquickend wirkende natürliche Frische und einen sinnlich veranschaulichenden Bilderreichtum. Anfangs ist die Schreibart zuweilen sogar erzwungen kurz und dunkel, so daß sie W. Schlegel ungefällig nennt; später aber wird sie episch breiter und abgerundeter.

Dagegen arbeitet Wilhelm Grimm, dessen Phantasie sich immer tiefer und tiefer in das von Anfang an Erkorene, in die deutsche Sage und Dichtung, versenkt, wie ein nachahmender Kunstepiker an seinen Stoffen. Mit epischer Ruhe und epischem Behagen formt er sie zu einem Kunstwerk und glättet sie und feilt sie bis aufs kleinste aus. „Alles, was Wilhelm arbeitet," schrieb Jakob noch den 14. April 1858 an

Dahlmann, „geschieht mit fleißiger Sorgfalt und Treue, allein
er geht langsam zu Werke und thut seiner Natur keine Ge=
walt an. Ich habe mir oft im Herzen vorgeworfen, daß er
durch mich eigentlich in grammatische Dinge getrieben worden
ist, die seiner inneren Neigung fern liegen, er hätte sein Talent,
ja alles, worin er mir überlegen ist, besser auf andern Fel=
dern bewährt." —

Daß bei dieser Naturanlage Wilhelm ein genügsames
Gemüt besaß, welches die kleinen Freuden des Lebens behaglich
im engen Familien= und Freundeskreise genoß, nimmt nicht
wunder, wohl aber, daß von Jakob dasselbe gilt; und doch
war es so und mußte so sein, sollte nicht dieser schöpferische
Geist wie so manches Genie in kurzer Zeit sich aufreiben.
Ob nicht diese epische Ruhe im Leben, diese kindliche Freude
über Kleines eine Folge des von Kindheit auf so engen Ver=
kehres mit seinem Bruder war? Man sagt, daß in langen
Ehen zwischen Gatten ein gegenseitiger Tausch geistiger Eigen=
schaften stattfinde; warum sollte dieses nicht bei Brüdern, deren
Geister seit dem ersten Lallen bis zum letzten Wort auf dem
Sterbebett im innigsten Wechselverkehr standen, der Fall ge=
wesen sein? — Jakob schrieb den 10. September 1822 an
die beiden Fräulein von Haxthausen: „Für glücklich halte ich
mich nicht, allein Gott hat mir im Grund ein heiteres Gemüt
verliehen, das gleich wieder ausmauert, wo es Risse und
Lücken setzt." — Und ferner: „Es scheint heut eine milde
Frühlingssonne, und Gott ist so gut, seien Sie auch von diesem
Frühling an heiter und zufrieden, man kann sich daran ge=
wöhnen, und das ist eine der schönsten Gewohnheiten."

Klingt das nicht, als wenn diese Zufriedenheit ihm nur
angewöhnt, keineswegs aber wie seinem Bruder angeboren
sei, besonders da er selbst 1824 an Lachmann schreibt: „Aber

was würden Sie an mir haben? Ich bin still, einseitig und oft traurig"; und den 7. Juni 1836 an Dahlmann: „Der ich von Natur und aus langer Gewohnheit mich zur Einsamkeit neige." — Sehr bezeichnend sind auch folgende Worte Jakobs an Wilhelm in einem Briefe vom 19. Juli 1809: „Ich mag zu keinem andern gehn, als den ich lieb habe, und der mich auch lieb hat, nicht um mit ihm etwa zu sprechen oder etwas von ihm zu lernen, sondern um bei ihm zu sein, wo sich hernach das andere geben wird. — Ich bin oft von Herzen gern allein und könnte dann gerade nichts arbeiten, um deswillen gehe ich lieber allein spazieren, als mit einem, weil meine Gedanken seine hindern oder seine meine, und über vieles kann ich mit denen, die ich lieb habe, gar nicht sprechen, ich habe eine innerliche Scheu, schreiben mag ich es allenfalls." — Je abgeneigter aber Jakob dem gewöhnlichen gesellschaftlichen Verkehr war, um so höher schätzte er die eigentliche Freundschaft. Dies bekunden die schönen Worte an Dahlmann vom 12. April 1845: „Freundschaft ist mir etwas, das wie Blutsverwandtschaft über alle andern, dem Menschen teuren Verhältnisse hinausgeht."

Eine zeitweilige Verstimmung zwischen Jakob Grimm einer- und Gervinus und Dahlmann andererseits, die infolge einer Rezension des ersteren über ein Werk von Gervinus eingetreten war, wurde durch Jakob Grimms offene und doch versöhnliche Aussprache beseitigt. „Ich hebe damit an zu bekennen, daß die Freundschaft, die Sie mir und uns erwiesen, unvergessen bei mir ist und bleiben wird," schrieb dieser den 7. Juni 1836 an Dahlmann.

Dagegen war Wilhelms Natur für den gesellschaftlichen Verkehr geeigneter. „Wie manchen Abend bis in die späte Nacht," sagte Jakob in seiner Rede auf den entschlafenen

Bruder, „habe ich in seliger Einsamkeit über den Büchern zu=
gebracht, die ihm in froher Gesellschaft, wo ihn jedermann
gern sah und seiner anmutigen Erzählungsgabe lauschte, ver=
gingen; auch Musik zu hören machte ihm große, mir nur
eingeschränkte Lust."

Es ist daher psychologisch erklärlich, daß Wilhelm sich
verheiratete und ein glückliches Familienleben führte, während
Jakob unvermählt blieb.

Die Knaben= und Studentenzeit.

Jakob Ludwig Karl und Wilhelm Karl Grimm wurden beide zu Hanau geboren, der erstere am 4. Januar 1785, der letztere am 24. Februar 1786, und zwar als Sprossen einer hessischen Gelehrtenfamilie. Der Großvater väterlicher= seits war reformierter Geistlicher in Steinau gewesen, der Vater, welcher in Hanau das Amt eines Stadtschreibers bekleidete, und der Großvater mütterlicherseits, Kanzleirat Zimmer, waren Juristen.

Jakob nennt sich in seiner Lebensbeschreibung den zweiten Sohn seiner Eltern, doch erwähnt weder er noch Wilhelm einen älteren Bruder; dieser scheint also in frühester Kind= heit gestorben zu sein.

Nach allem zu schließen herrschte nicht bloß unter den Eltern, sondern auch zwischen diesen und den Verwandten das herzlichste Einvernehmen. Dies schöne Vorbild im Familien= kreise sowie der Umstand, daß Wilhelm nur ein Jahr und nicht ganz zwei Monate jünger als Jakob war, erklären zum großen Teil das überaus innige Verhältnis, welches lebens= länglich zwischen den beiden Brüdern bestand. Bei Brüdern von sehr geringem Altersunterschiede knüpft sich das Band der Bruderliebe meist sehr fest, falls nicht der jüngere dem älteren

geiſtig bedeutend, beſonders an Willen und Thatkraft über=
legen iſt. Von zarteſter Kindheit an ſind ſie ſich unzertrenn=
liche Geſellſchafter, und ſobald nur das kleine Gehirn zu denken
anfängt, findet eine gegenſeitige geiſtige Beeinfluſſung ſtatt.
Der Ältere hat zunächſt einen gewaltigen Vorſprung in der
Entwicklung und wird leicht, iſt er geweckten Geiſtes, ſelbſt nur
kindlich lallend, der erſte Lehrer des Jüngern, der zu ſtammeln
beginnt, der Lenker und Leiter der gemeinſamen Spiele und
ſogar in vermeintlichen oder wirklichen Gefahren der Beſchützer.
Zu ihm blickt der Jüngere wie zu einem Vorbilde empor.
Ihm ahmt er nach, und ihm ordnet er ſich wie ganz ſelbſt=
verſtändlich unter. — Ähnlich mag es bei den beiden Brüdern
Grimm geweſen ſein. Bezeichnend iſt es, daß Wilhelm noch
in ſeinem 45. Lebensjahre ſich lebhaft erinnert, wie er als
vier= oder fünfjähriger Knabe an der Hand Jakobs durch die
Straßen Hanaus gewandert iſt.

Und doch trat bald ihre verſchiedenartige Beanlagung
zu Tage. Schon bei dem erſten Unterrichte, den ihnen eine
ältere Schweſter des Vaters, die kinderloſe Witwe war, er=
teilte, verriet Jakob die in ihm ſchlummernden Geiſtesgaben.
„Die Mutter erzählte —, er habe ſchon leſen können, bevor
andere Kinder anfangen zu lernen, und eine ganze Geſellſchaft
ſo ſehr in Verwunderung geſetzt, daß alle ſich hätten über=
zeugen wollen, ob er wirklich aus einem Buche ableſe.‟

Wie rege und für das Kleinſte empfänglich aber Wil=
helms Phantaſie ſchon in der früheſten Kindheit war, geht
aus folgendem hervor. Er war erſt 5 Jahr alt, als ſein
Vater von Hanau nach Steinau an der Straße als Ge=
richtsamtmann verſetzt wurde; trotzdem erinnert er ſich noch
als Mann deutlich der innern Einrichtung des in Hanau be=
wohnten Hauſes, des daneben in rotem Blütenſchmuck prangen=

den Pfirsichbaumes und der einzelnen Umstände der Über-
siedelung nach Steinau, wie z. B. des blühenden Weißdornes,
den er im Vorbeifahren vom Kutschenfenster aus gesehen hatte.

In dem Elternhause war eine streng reformierte Gesinnung sowie treue Liebe zum Hessenland und seinem Fürsten-
geschlechte heimisch; beides übertrug sich mehr durch „That
und Beispiel" als durch Worte auf die Kinder. Gläubiges
Gottvertrauen, treue Anhänglichkeit an ihre Kirche und innige
Liebe zum Heimatslande sind auch nie aus dem Herzen des
berühmten Brüderpaares geschwunden; schreibt doch Jakob
selbst 1830 noch: „Und noch jetzt ist es mir, als wenn ich
nur in einer ganz einfachen nach reformierter Weise einge-
richteten Kirche recht von Grund andächtig sein könnte."

In der wiesenreichen, bergumkränzten Umgebung Steinaus
tummelten sich die Knaben munter herum. Hierdurch wurde
eine andere wichtige Neigung, die Liebe zur Natur, bei
ihnen angefacht, die in ihrem späteren Leben ein Gegengewicht
gegen ihren Forscher- und Arbeitstrieb bildete und erklärt,
daß beide trotz ihrer aufreibenden Thätigkeit ein hohes Lebensalter erreichten. Dies zeigen folgende Worte Wilhelms, die
uns zugleich einen tiefen Blick in das für Natur warm em-
pfindende Gemüt des Gelehrten thun lassen:

„Die Gegend von Steinau hat etwas Angenehmes. Oft
sind wir zusammen in den Wiesenthälern und auf den Anhöhen umhergegangen; der Sinn für die Natur mag uns, wie
vielen, angeboren sein, aber er ist doch auch auf diese Art ge-
nährt und begünstigt worden. Noch jetzt weiß ich nichts, was
so sicher die friedliche Stimmung der Seele, in welcher alles
Glück beruht, hervorrufe, als ein einsamer Spaziergang, wo
kein Gespräch und Unterhaltung uns an die Bemühungen des
Lebens erinnert, und wir die Natur frei auf unsere Gedanken

wirken lassen; ungesucht und unerwartet ist mir hier oft das
Beste eingefallen. Darum gewöhne ich mich auch am letzten
an eine neue Gegend." —

Durch diese Wanderungen wurde gleichzeitig ein gewisser
„Sammlergeist" sowie Nachahmungstrieb in den Brüdern
rege. Schmetterlinge und dergleichen wurden gefangen und
abgezeichnet. Bei Jakob erlitt diese Lebensweise durch eine
heftige Erkrankung an den Blattern eine kurze Unterbrechung.

Den Sinn für Thätigkeit und Ordnung, welcher
Gelehrten so notwendig ist, wird schon der Vater, den Jakob
als einen arbeitsamen, ordentlichen und liebevollen Mann be=
zeichnet, in den Knaben erweckt haben. Doch bereits den
10. Januar 1796 entriß ihn der unerbittliche Tod den Seinen.
Schwere Sorgen erwuchsen der weinenden Witwe, die nun
allein 5 Söhne und eine Tochter zu erziehen hatte, und deren
Vermögen nur gering war.

Aber treulich zur Seite stand ihr mit Rat und That
ihre Schwester Philippine Zimmer, die Kammerfrau bei
der Landgräfin und späteren Kurfürstin war. Ja weil für
die lernbegierigen Knaben Jakob und Wilhelm der mangelhafte
Unterricht des Steinauer Stadtpräzeptors Zinkhan mit der
Zeit unzureichend wurde, ließ sie dieselben vom Herbst 1798
an auf ihre Kosten in Kassel das Lyceum besuchen¹). Sie
wurden nach Unterquarta aufgenommen. Nun begann für
beide eine Zeit angestrengtester Thätigkeit; denn außer den
Unterrichtsstunden im Lyceum hatten sie täglich noch 4 bis 5
Stunden Privatunterricht bei dem Pagenhofmeister Dietmar
Stöhr. Wichtig wurde für Jakob später besonders die durch
letzteren erlangte Übung in der französischen Sprache. In
der wenigen freien Zeit, die den Brüdern noch blieb, setzten
sie ohne Anleitung eines Lehrers die schon in Steinau be=
gonnenen Versuche im Zeichnen fort.

Rasch rückte Jakob fast immer als Primus „durch alle
Klassen hinauf" und konnte bereits Frühjahr 1802 das Kasseler
Lyceum verlassen, um in Marburg Jura zu studieren. Dieses
Studium wählte er weniger aus Neigung, sondern weil sein
„Vater ein Jurist gewesen war und es die Mutter so am
liebsten hatte." Gleichwohl hatte er keine Abneigung dagegen,
wie folgende Worte zeigen: „In viel späteren Jahren hätte
mich zu keiner andern Wissenschaft Lust angewandelt, als
etwa zur Botanik."

Das hier ausgesprochene Interesse für Botanik ist wohl
eine Frucht der schon in Steinau erwachten Liebe zur Natur
und zum Sammeln von Tieren und Pflanzen.

Wilhelm dagegen wurde nach einem überstandenen
Scharlachfieber vielleicht infolge der übermäßigen Anstrengungen
von einer langwierigen Krankheit, die sich in schwerem Atem,
heftigen Brustschmerzen und starkem Herzklopfen äußerte, be=
fallen. Trotzdem besuchte er, so lange wie er es nur irgend
vermochte, das Lyceum; allein ein erneuter heftiger Anfall
verhinderte, daß er gleichzeitig mit Jakob die Universität be=
ziehen konnte, und fesselte ihn ein halbes Jahr an das Zimmer.
Seine einzige Zerstreuung war das Zeichnen, welches ihm aber
auch nur täglich ganz kurze Zeit gestattet war. Die Einsam=
keit der Krankenstube trug viel zur Entfaltung seines Gemüts=
lebens bei, äußert er doch selbst:

„Ich glaube Krankheiten in diesem Lebensalter können
bildend wirken; die Nächte, in denen man vergeblich auf Schlaf
hofft, die Stunden, in welchen Beschäftigung untersagt oder
unmöglich ist und welche der Selbstbetrachtung zufallen, führen
schneller zum Bewußtsein und zur Erkenntnis unserer Natur,
als es bei ungestörter, soll ich sagen übermütiger? Gesundheit
der Fall sein mag."

Nachdem er sich einigermaßen erholt hatte, folgte er seinem Bruder auf die Universität zu Marburg nach. Diesem war die Trennung von ihm, mit dem er stets in einer Stube gewohnt und in einem Bette geschlafen hatte, sehr nahe ge= gangen.

Sehr eingeschränkt mußten sie als Studenten leben; denn das Vermögen der Mutter war fast zusammengeschmolzen, und Stipendien erhielten sie trotzdem nicht. Aber gerade diesen beschränkten Verhältnissen schreibt Jakob einen günstigen Einfluß auf die Charakterbildung zu:

„Doch hat es mich nie geschmerzt, vielmehr habe ich oft hernach das Glück und auch die Freiheit mäßiger Vermögens= umstände empfunden. Dürftigkeit spornt zu Fleiß und Arbeit an, bewahrt vor mancher Zerstreuung und flößt einen nicht uneblen Stolz ein, den das Bewußtsein des Selbstverdienstes, gegenüber dem, was andern Stand und Reichtum gewähren, aufrecht erhält. Ich möchte sogar die Behauptung allge= meiner fassen, und vieles von dem, was Deutsche überhaupt geleistet haben, gerade dem beilegen, daß sie kein reiches Volk sind. Sie arbeiten von unten herauf und brechen sich viele eigentümliche Wege, während andere Völker mehr auf einer breiten, gebahnten Heerstraße wandeln."

Auch Wilhelm wandte sich dem Studium der Rechte zu und hörte, wiewohl immer noch so leidend, daß er an keine Wiederherstellung glaubte, unausgesetzt meist dieselben Vor= lesungen wie Jakob. Dies waren aber nicht lediglich juristische, sondern auch der philosophischen Fakultät angehörige, so „Wachlers freimütige Vorlesungen über Geschichte und Litterar= geschichte," wie sie Jakob nennt. Es ist nicht unmöglich, daß letztere mit die beiden Brüder zu ihren spätern germani= stischen Forschungen angeregt haben; viel gewaltiger und nach=

haltiger kam aber die Anregung dazu, wenn auch nur mittelbar,
von einer ganz andern Seite. Sie hörten, und zwar Jakob
von Winter 1802 an, mehrere juristische Kollegien bei dem
hauptsächlich durch seine geschichtliche Methode berühmten Rechtsgelehrten Savigny. Bei der Erwähnung dieses von beiden
so hochverehrten Lehrers in ihren Lebensbeschreibungen tritt
die verschiedenartige Beanlagung der Brüder recht deutlich zu
Tage. Klar aber knapp zeichnet Jakob die von diesem emp-
fangene nachhaltige Wirkung: „Was kann ich aber von
Savigny's Vorlesungen anders sagen, als daß sie mich aufs
gewaltigste ergriffen und auf mein ganzes Leben und Studieren
entschiedensten Einfluß erlangten?" Wilhelm dagegen entwirft
uns von dem herzlichen Verkehr des geliebten Lehrers mit ihnen,
einem epischen Dichter gleich, ein ebenso anmutiges wie an-
schauliches Bild, bei dessen Betrachtung wir nicht minder den
allseitig anregenden Lehrer als die lernbegierigen Schüler bewundern: „Die Anregung, die nicht bloß von seinen Vorlesungen ausging, die Einsicht von dem Werte geschichtlicher
Betrachtung und einer richtigen Methode bei dem Studium
war ein Gewinn, den ich nicht hoch genug anschlagen kann,
ja ich weiß nicht, ob ich sonst je auf einen ordentlichen Weg
gekommen wäre. Für wie vieles andere hat er uns den Sinn
erschlossen, und wie manches noch unbekannte Buch ward aus
seiner Bibliothek nach Hause getragen! Die anmutige Weise,
mit welcher er wohl gelegentlich etwas vorlas, eine Stelle aus
Wilhelm Meister, ein Lied von Goethe, ist mir noch so lebhaft
im Gedanken, als habe ich ihm erst gestern zugehört. Manchmal kommt es mir vor, als sei heutzutage strenger Eifer für
Gelehrsamkeit wohl zu finden, eine solche Richtung nach freier
Ausbildung aber seltener und dem Ernste die Heiterkeit ent-
zogen worden."

Wie waren aber die schüchternen und wohl auch etwas
unbeholfenen Studenten in dieses von Wilhelm so schön ge=
schilderte trauliche Verhältnis zu ihrem Professor gekommen?
— Durch eigene Kraft. Savigny pflegte nämlich in seinem
Kolleg juristische Aufgaben zu stellen. Durch klare und richtige
Lösung derselben hatte sich Jakob dessen Aufmerksamkeit zu=
gezogen und von ihm für sich und seinen Bruder die Er=
laubnis erhalten, ihn nach Belieben zu besuchen und seine
Bibliothek zu benutzen. Nun konnten die Brüder nach Herzens=
lust ihren Wissensdurst stillen; ihr Sammeleifer richtete sich
jetzt auf Bücher, sodaß sie sich selbst eine kleine Bibliothek
gründeten, für welche sie sich hauptsächlich Werke der Dichtung
und bildenden Kunst erwarben.

Da erschien 1803 Ludwig Tiecks Buch „Minnelieder aus
dem schwäbischen Zeitalter, neu bearbeitet“. Diese Übersetzung
und besonders die hinreißende Vorrede begeisterten Jakob,
machten ihn aber auch bei seinem durch Savigny erweckten
geschichtlichen Sinn auf die Originaldichtungen selbst gespannt.
— Da Savigny, wie Wilhelms Schilderung zeigt, nichts
weniger als ein einseitiger Fachgelehrter war, so war seine
Bibliothek ebenso vielseitig wie reichhaltig. Eines Tages
stöberte Jakob wieder in derselben; da machte er einen Fund,
den er 47 Jahre später in einem Savigny bei dessen fünfzig=
jährigem Doktorjubiläum gewidmeten Buche selbst höchst an=
schaulich beschrieben hat: „Ganz hinten fand sich auch ein
Quartant, Bodmers Sammlung der Minnelieder, den ich er=
griff und zum ersten Mal aufschlug; da stand zu lesen „her
Jacob von Warte“ und her „Kristan von Hamle“ mit Ge=
dichten in seltsamem, halb unverständlichem Deutsch. Das
erfüllte mich mit eigner Ahnung. — — Damals aber getraute
meine keimende Neigung noch nicht, es von Ihnen zu ent=

leihen; doch blieb es so fest in meinen Gedanken, daß ich ein paar Jahre hernach auf der Pariser Bibliothek nicht unter= ließ, die Handschrift zu fordern, aus welcher es geflossen ist, ihre anmutigen Bilder zu betrachten und mir schon Stellen auszuschreiben. Solche Anblicke hielten die größte Lust in mir wach, unsere alten Dichter genau zu lesen und verstehen zu lernen." Wenn wir uns im Geiste vergegenwärtigen, wie Jakob Grimm, der Begründer einer wissenschaftlichen Germanistik, zum ersten Male die Minnesänger in die Hand nimmt, so tritt unwillkürlich das Bild des jungen Luther's vor unser Auge, der das erste Mal eine vollständige Bibel erblickt. Und zweifellos ist für die weitere Gestaltung des Strebens und Lebens Jakob Grimm's dieser Augenblick von ganz ähnlicher Bedeutung gewesen, wie jener für Luther. Sein Forschungs= trieb wurde zum ersten Male auf das Ziel hingewiesen, welches ihm die Vorsehung gesteckt hatte, auf die altdeutsche Sprache und Litteratur. Im Sommer 1804 trat Savigny eine Reise nach Paris an, um handschriftliche Untersuchungen zu einer beabsichtigten Geschichte des römischen Rechts im Mittelalter zu machen. Von hier aus forderte er im Januar 1805 Jakob Grimm auf, „nach Paris zu kommen, um ihm bei seinen litterarischen Arbeiten zu helfen". Wiewohl dieser nächste Ostern von der Universität „abzugehen" gedacht, folgte er doch freudigen Herzens dieser ehrenden Aufforderung „und traf über Mainz, Metz und Chalons anfangs Februar glücklich zu Paris ein", um erst im September nach Hessen wieder zurückzukehren.

Rührend ist die Zärtlichkeit, welche sich in dem damaligen Briefwechsel mit seinem Bruder Wilhelm ausspricht:

„Noch jetzt," schreibt Wilhelm am 2. Februar 1805, „bin ich wehmütig und möchte weinen, wenn ich daran denke, daß Du fort bist. Wie Du weggingst, da glaubte ich, es würde mein Herz zerreißen, ich konnte es nicht ausstehen, gewiß Du weißt nicht, wie lieb ich Dich habe."

In der Seele des thatkräftigeren Jakobs reifte damals ein Entschluß, der für das ganze Leben beider Brüder bindend blieb. Den 12. Juli 1805 schrieb er: „Lieber Wilhelm, wir wollen uns einmal nie trennen, und gesetzt, man wollte einen anders wohin thun, so müßte der andere gleich aufsagen. Wir sind nun diese Gemeinschaft so gewohnt, daß mich schon das Vereinzeln zum Tode betrüben könnte."

Freudig bewegt stimmte Wilhelm mit den Worten bei (10. Aug.): „Was Du schreibst von Zusammenbleiben, ist alles recht schön und hat mich gerührt. Das ist immer mein Wunsch gewesen, denn ich fühle, daß mich niemand so lieb hat als Du, und ich liebe Dich gewiß ebenso herzlich."

Der halbjährige Aufenthalt in Paris war in vielfacher Weise für Jakob höchst förderlich. Zunächst mußte der be= ständige Umgang mit Savigny, bei dem er wohnte, und das ihm von diesem hochverehrten Lehrer gezollte Vertrauen sein Selbstgefühl erhöhen. Und erstreckten sich auch seine täglichen Arbeiten auf der Pariser Bibliothek nur auf das römische Recht, so gewann er doch dadurch unter Savigny's Leitung die für alle geschichtlichen Forschungen so nötige Übung in der Benutzung von Handschriften und älteren Drucken. In den Brüdern war durch ihre frühzeitige Beschäftigung mit Zeichnen ein Interesse für die bildende Kunst wach geworden. Auch dies fand in Paris neue Nahrung; eifrig betrachtete Jakob Rafael's, Lionardo da Vinci's und Tizian's Gemälde und schaute Laokoon und den Apollo von Belvedere bewundernd an. Dabei zog er Vergleiche zwischen der bildenden und der dichtenden Kunst. So schrieb er den 12. Juli an seinen

Bruder: „Der Goethe ist ein Mann, wofür wir Deutsche Gott
genug nicht danken können; er kommt mir gerade wie Rafael
vor, ohne daß ich deshalb Schlegel und Tieck mit Dürer,
Eyck, Bellini u. f. w. vergleichen will." Diese Stelle ist auch
deshalb belangreich, als sie zeigt, daß schon damals Jakob
Goethe's Größe vollständig anerkannte. Er, in dessen Natur
selbst etwas Dramatisches lag, hatte als Schüler mehr für
Schiller geschwärmt, während Wilhelm bei seinem lyrisch-epischen
Wesen Goethe als Lieblingsdichter erkor.

In Paris kaufte Jakob auch für ihre Bibliothek alte
seltene Bücher und ließ sich auf der Bibliothek altdeutsche
Handschriften zeigen. Was war natürlicher, als daß er an
Bodmer's Ausgabe der Minnesänger dachte, die er einst so
ehrfurchtsvoll in Savigny's Bibliothek betrachtet hatte, und von
der er wußte, daß sie sich auf eine Pariser Handschrift gründete?
Letztere erbat er sich und schrieb einiges daraus ab, um es
dem Bruder zu schicken. Dieser verglich es mit Tieck's Übersetzung und schrieb den 24. März wieder: „Ich habe daran
gedacht, ob Du nicht in Paris einmal unter den Manuskripten
nach alten deutschen Gedichten und Poesien suchen könntest,
vielleicht fändest Du etwas, das merkwürdig und unbekannt."
Jakob folgte dem Rate des Bruders und machte so den Anfang
mit seiner germanistischen Forscherarbeit. Welche wunderbare
Fügung! Der größte Germanist beginnt seine Thätigkeit als
solcher in der französischen Hauptstadt ein Jahr vor der vollständigen Unterjochung Deutschlands durch Frankreich!

2*

Die Beschäftigung mit dem altdeutschen Schrifttum vor den Brüdern Grimm.

Schon um die Wende des 15. und 16. Jahrhunderts waren im sogenannten Heldenbuche Volksepen der mittelhochdeutschen Zeit (c. 1100—1490) wie Ortnit, Wolfdietrich, Rosengarten und Zwergkönig Laurin gedruckt worden. Nach Kaiser Maximilian I. jedoch, der ein großer Freund und Förderer altdeutscher Dichtung gewesen war, wurde diese zwar nicht ganz vergessen, aber doch sehr vernachlässigt. Wohl ließen die Theologen der Reformationszeit einzelne geistliche Gedichte drucken, so 1571 zum ersten Male Otfrieds um 870 entstandene gereimte Evangelienharmonie und 1598 Willirams in Prosa geschriebene Paraphrase des Hohen Liedes, wohl erwähnten die Geschichtsforscher gelegentlich das Nibelungenlied und veröffentlichten auch ab und zu Bruchstücke aus anderen weltlichen Gedichten: doch beide thaten dies nur aus rein fachwissenschaftlichem Interesse. Anfang des 17. Jahrhunderts wurden durch Goldast und Freher die Minnesänger wieder bekannt, welche dann Moscherosch öfter anführte.

Erst Opitz, der 1639 das um 1100 gedichtete Anno-

lied herausgab, und Enoch Hanmann, der in seinen An=
merkungen zu Opitzens deutscher Poeterei eine Art deutsche
Litteraturgeschichte verfaßte, fingen an, sich mit altdeutscher
Dichtkunst um ihrer selbst willen zu befassen. Stärker ward
das Interesse an dem altdeutschen Schrifttum, und zwar zu=
nächst an seinen ältesten Erzeugnissen, in den 60er Jahren des
17. Jahrhunderts, wo das sächsische Taufgelöbnis und
das Lied von Christus und der Samariterin heraus=
gegeben wurden. Jetzt zog man auch nichtdeutsche germanische
Geisteserzeugnisse an das Licht, so Franz Junius die gotische
Bibelübersetzung des Ulfilas und der Däne Petrus Re=
senius die im 11. und 12. Jahrhunderte gesammelten, aber
viel früher entstandenen Dichtungen der alten Normannen,
die ältere und jüngere Edda genannt.

Anfang des 18. Jahrhunderts veröffentlichte Scherz
einen Teil der aus dem 14. Jahrhunderte stammenden Fabeln
des Bonerius. Mitte des 18. Jahrhunderts wandte man sich
mit großem Eifer den Dichtungen aus der hohenstaufischen
Zeit zu und denen von Hans Sachs; so berichtete Gott=
sched über altdeutsche Dichtungen und Prosawerke, sowie über
einzelne Minnesänger, übersetzte den Reinele Fuchs, ein
altdeutsches Tier=Epos, ins Neuhochdeutsche und entwarf ein
Verzeichnis der deutschen Dramen bis ins 18. Jahrhundert
herab. Die Dichter Hageborn, Gleim, die Göttinger u. a.
räumten den Minnesängern schon eine Stelle neben Anakreon
und Horaz ein, und Adelung, der das altdeutsche Schrift=
tum als sein Lieblingsstudium bezeichnete, sprach bereits eine
Vermutung über den Dichter des Nibelungenliedes aus.

Wie aber die Schweizer Bodmer und Breitinger für
unsere großen Dichter des 18. Jahrhunderts die thatkräftigsten
Bahnbrecher geworden sind, so auch für die Brüder Grimm

auf dem Gebiete der spätmittelalterlichen deutschen ober, wie sie seit diesen heißt, mittelhochdeutschen Dichtung. Bodmer wies auf Wolframs von Eschenbach Parzival, den er neu bearbeitete, hin, ferner auf die Aenöide Heinrichs von Velbeke, auf den Trojanerkrieg Konrads von Würzburg und auf den welschen Gast. Seine wichtigsten Leistungen sind aber die Herausgabe des Nibelungenliedes (1758), von dem er außerdem wie auch von Wilhelm von Dranse eine neuhochdeutsche poetische Bearbeitung lieferte, und die der Minnesänger (1759), welche letztere Jakob Grimm in Savignys Bibliothek vorfand.

1765 erschien auch eine deutsche Übersetzung der altnordischen jüngern Edda, und das ward die Veranlassung dazu, daß Gerstenberger und Klopstock die altgermanischen Götternamen an Stelle der früheren griechischen in ihre Dichtungen einführten. Doch hatte der für die altdeutsche Poesie so begeisterte Klopstock eine sehr falsche Vorstellung über das deutsche Altertum, dem er, wie auch Lessing, Herder u. a. die keltischen Barden und Druiden irrtümlich andichtete.

Lessing las das Heldenbuch, das Nibelungenlied, die Fabeln des Bonerius sowie den Renner Hugos von Trimberg und schrieb auch darüber, ferner beschäftigte er sich bekanntlich mit der Faustsage.

Von allen unsern großen Dichtern des 18. Jahrhunderts hat aber entschieden Herder den klarsten Blick für die Bedeutung der altdeutschen Dichtkunst gehabt und ihre Kenntnis am meisten gefördert. Er unterschied bereits zwischen Natur- oder Volksdichtung und Kunstpoesie, sammelte und veröffentlichte seit 1770 selbst deutsche Volkslieder und regte andere, so Eschenburg, Anton, Seybold, dazu an, so daß bis in die 80er Jahre des 18. Jahrhunderts viele teils echte, teils allerdings auch unechte Volkslieder zusammengetragen wurden. Ferner schrieb er viel über die Minnesänger sowie über das Annolied und war wohl der Erste, welcher das gesamte Gebiet der Germanistik ins Auge faßte, freilich mehr fordernd als selber dafür arbeitend, so betonte er den Wert der angelsächsischen Litteratur und wünschte eingehende Untersuchungen über die Quellen der deutschen Dichtungen, über die Entwicklung der deutschen Mundarten, sowie über die in Sagen, Märchen und im Aberglauben enthaltenen Bruchstücke der heidnisch-germanischen Götterlehre. Er erkannte also, was zu thun sei, um die damalige dilettantische Beschäftigung mit dem altdeutschen Schrifttum zum Range einer Wissenschaft zu erheben. Gethan aber haben das Gewünschte erst die Brüder Grimm.

Auch Goethe blieb den altdeutschen Bestrebungen jener Zeit nicht fern; die Tiersage war ihm vertraut, namentlich aber das Schrifttum des 16. Jahrhunderts, wie das Fastnachtspiel, die Dichtungen von Hans Sachs, die Geschichte des Götz von Berlichingen, die Sage von Faust und die vom ewigen Juden, und seine damalige Lyrik ist wesentlich vom Volksliede beeinflußt.

Kurz vor und nach dem Jahre 1780 gaben Myller, Schütze und Casparson mehrere noch ungedruckte deutsche Gedichte des 12., 13. und 14. Jahrhunderts heraus, freilich sehr fehlerhaft.

Unter dem Titel „Volksmärchen der Deutschen" veröffentlichte 1782 bis 85 Musäus eine Sammlung von deutschen Sagen und Märchen, die man vor den Brüdern Grimm noch untereinander warf; doch standen letztere den ersteren an Zahl weit nach; beiden aber war ihre volkstümliche Sprache genommen, die für sie das ist, was für die

Walderbbeere der Duft. Ähnlich war es mit den von 1789 bis 93 erscheinenden neuen Volksmärchen der Deutschen von Frau Naubert.

1787 wurde die um 1100 entstandene altnordische Gedichtssammlung, die ältere Edda genannt, vollständig herausgegeben.

Die Schweizer, welche die 1. Ausgabe des Nibelungen= liedes besorgt hatten, kamen auch zuerst zur richtigen Wert= schätzung dieses Heldengedichts. Während Klopstock und noch 1776 Bürger ein deutsches Nationalepos ersehnt hatten, sprach es 1783 der schweizerische Geschichtsschreiber Johann Müller offen aus, daß das Nibelungenlied dieses deutsche Nationalepos sei, und veranlaßte dadurch eine eifrige Beschäftigung mit diesem vor allem in Berlin und Heidelberg, in welchen Städten die romantischen Dichter hauptsächlich ihren Sitz hatten. Diese, wie Wilhelm und Friedrich Schlegel, Tieck, Brentano, Achim von Arnim entnahmen den Stoff für ihre Gedichte aus dem Mittelalter; für dieses und für die großen Thaten seiner Ahnen wollten sie das deutsche Volk, welches sich damals immer tiefer und tiefer unter das Joch des französischen Eroberers beugte, begeistern, um ihm dadurch die Kraft zum Befreiungs= kampfe einzuflößen. Das als Nationalepos erkannte Helden= gedicht der Nibelungen sowie überhaupt die ganze altdeutsche Dichtung erschien ihnen als ein sehr geeignetes Mittel zur Erreichung ihres patriotischen Zweckes. Ihnen kam es weniger darauf an, das Mittelalter und seine Dichtungen zu erkennen, als durch das, was sie davon und darüber veröffentlichten und lehrten, die deutsche Vaterlandsliebe anzufachen. Daraus erklärt sich ihre oberflächliche Behandlungsweise des altdeutschen Schrifttums, wodurch sie Leuten, wie Goethe, die Liebe zum Altdeutschen verleideten. Trotzdem haben auch sie den Brüdern

Grimm die Wege geebnet: Sie haben gezeigt, daß die Kenntnis
des deutschen Altertums auch von praktischer und nationaler
Bedeutung für die Gegenwart ist und dadurch die Liebe der
Vaterlandsfreunde dafür geweckt; sie haben manches einzelne
Körnchen von Wahrheit gefunden und neben vielem Falschen
und Phrasenhaften manches gute gemeinverständliche Wort
gesprochen; sie haben, was vielleicht ihr größtes Verdienst ist,
in den Brüdern Grimm selbst mit die Lust zu altdeutschen
Studien angefacht und ihnen Gelegenheit verschafft, die ersten
Früchte ihrer Forschung dem deutschen Volke vorzulegen.
Wilhelm Grimm selbst bezeichnete 1830 in seiner Lebensbeschreibung die germanistische Thätigkeit der Romantiker als
eine Art neuer Entdeckung:

„Was Bodmer früher angeregt hatte, war längst erstorben,
dieses Gebiet konnte für ein eben entdecktes gelten, auch schien
sich, wo man den Blick hinwendete, dem Auge etwas Neues
darzubieten." — Hierin geht jener wohl etwas zu weit. Auch
Jakob äußerte 1807 im Münchner litterarischen Anzeiger, daß
die Romantiker das Studium der altdeutschen Gedichte wieder
angeregt und ihren Wert ausgesprochen hätten. Den Romantikern hatten Böckh und Gräter dadurch vorgearbeitet, daß
sie seit 1791 eine ausschließlich der Germanistik gewidmete volkstümliche Zeitschrift unter dem altnordischen Namen „Bragur"
erscheinen ließen.

Von 1801 bis 1804 hielt Wilhelm Schlegel, der sich
seit 1799 mit altdeutscher Litteratur befaßte, in Berlin regelmäßige Vorträge über das Mittelalter und die Geschichte der
deutschen Dichtung, wobei er auch trotz seines mangelhaften
Wissens ein treffliches Gesamtbild des Nibelungenliedes entwarf und die Erkenntnis aussprach, daß es nicht das Werk
eines einzelnen Dichters, sondern eines ganzen Zeitalters sei.

während dessen es mündlich fortgepflanzt wurde. Schon früher hatte er erkannt, daß es keine deutschen Barden und Barden= gesänge, sondern nur keltische gegeben habe, daß die Minne= sänger nicht eigentliche Volksdichter seien, und daß der im deutschen Volke noch lebendige Aberglaube zu der alten Volks= dichtung in Beziehung stände. Auch machte er sich an eine Umarbeitung von Gottfriebs von Straßburg Tristan und Isolde.

Tieck hatte zunächst von 1796 bis 99 die Volks= romane bearbeitet, so die Haimonskinder, den getreuen Eckart, die Magelona und Melusina und die Genovefa. Seit 1801 beschäftigte er sich mit dem älteren deutschen Schrifttum. Als Frucht davon erschien jene Bearbeitung der Minnesänger, die zuerst bei dem Studenten Jakob Grimm das Interesse für altdeutsche Litteratur erregte. In der schwungvollen Einleitung erwähnte er auch die epische Poesie und unterschied folgende drei Sagenkreise: die Nibelungen mit dem Heldenbuch, die Sagen von Artus und der Tafelrunde, sowie die von Karl dem Großen.

Unterdessen hatten Achim v. Arnim und Brentano von Heidelberg aus deutsche Volkslieder gesammelt, deren 1. Band 1805 unter dem Titel „Des Knaben Wunderhorn" erschien. Wiewohl diese Ausgabe nur einen sehr geringen wissenschaftlichen Wert hatte, da die Lieder ungenau auf= gezeichnet und z. T. sogar absichtlich von den Herausgebern umgeändert waren, wurde sie doch viel begeisterter aufgenommen als die von Heinrich von der Hagen und von Büsching ver= anstaltete, trotzdem letztere die Volkslieder getreuer wiedergab.

Von der Hagen ist der eine und Görres der andere der zwei Männer, die fast gleichzeitig mit Jakob Grimm als germanistische Schriftsteller auftraten. Sie weisen die Fehler

auf, welche dieser glücklich vermeiden lernte, von der Hagen das
eilfertige Überhasten beim Veröffentlichen von Handschriften
und Gedichten, Görres das geistreiche Phantasieren ohne feste
wissenschaftliche Grundlagen, wie er es 1807 in seinem Werke
über die deutschen Volksbücher sowie in seinem Aufsatze „Der
gehörnte Siegfried und die Nibelungen" gethan hat. Derartige Werke hat wohl Wilhelm Grimm bei seiner 1830
entworfenen scharfen Zeichnung der germanistischen Bestrebungen
der Romantiker besonders im Auge, wenn er sagt:

„Die geistige Bildung des Mittelalters läßt sich kaum
mit einer andern vergleichen: in ihrer Eigentümlichkeit ist
zugleich Leben und Wahrheit, in ihrem Reichtume Mannigfaltigkeit, in einer nicht geringen Anzahl ihrer Erzeugnisse ein
ausgezeichneter innerer Wert; wie sollte jemand an einem für
die Geschichte des menschlichen Geistes so wichtigen Zeitpunkte
gleichgültig vorübergehen können, oder sich vorsätzlich davon
abwenden? Ein glücklicher Umstand scheint mir, daß der
Charakter dieser Bildung einer flüchtigen, bloß geistreichen
Betrachtung widerstrebt und die Geschicklichkeit, mit allgemeinen
Formeln das Ganze zu erfassen, oder, wie man sagt, sich
anzueignen, dabei zu Schanden wird. Es sind schon Bücher
in diesem Geiste geschrieben worden, vielleicht mit Talent.
Wer die Dinge nicht kennt, mag hoffen, etwas daraus zu
lernen; wer sie kennt, dem wird der Widerwille vor grund-
losen Einbildungen und leeren Spiegelfechtereien alle Nachsicht
unmöglich machen. Hier muß jedes einzelne nach seiner freien
und unabhängigen Natur untersucht und gewürdigt werden,
und nur auf diesem mühsamsten Wege darf man hoffen, zu
einem wahrhaften Bilde jener Zeit zu gelangen. Es wird
den meisten paradox lauten, dennoch ist es wahr: was die
Gegenwart, der es nicht an Feinheit des Geistes und einer

gewissen Schwelgerei in subtilen Gedanken fehlt, als ihr Eigen=
tümliches preisen möchte, sie könnte in den Gedichten des
13. Jahrhunderts das Gegenstück finden, und dabei eine Ge=
wandtheit im Ausdrucke des einzelnen, deren die heutige
Sprache nicht mehr fähig ist. Freidanks Werk allein bewährt
einen Grad von einem Selbstbewußtsein und unbefangener
Beobachtung der Welt, dessen sich die Besten unserer Zeit nicht
zu schämen brauchen.

Das Mittelalter zu erforschen, um es in der Gegenwart
wieder geltend zu machen, wird nur der beschränktesten Seele
einfallen; allein es beweist auf der andern Seite gleiche Stumpf=
heit, wenn man den Einfluß abwehren wollte, den es auf
Verständnis und richtige Behandlung der Gegenwart haben
muß. In dieser Beziehung scheint es mir auch wichtig, daß
die altdeutsche Litteratur Veranlassung gab, auf Sitten, Ge=
bräuche, Sprache und Dichtung des Volks die Aufmerksamkeit
zu richten, und es verletzt schon jetzt den gelehrten Anstand
nicht mehr, davon in ernsthaften Büchern zu reden und die
Spuren des hohen Altertums darin nachzuweisen."

Man veröffentlichte und übersetzte altdeutsche Dichtungen,
ohne den Urtext durch Handschriftenvergleichung nach wissen=
schaftlichen Grundsätzen festgestellt zu haben und die Gesetze der
deutschen Sprache zu kennen. Welche Schwierigkeiten die
Brüder Grimm trotz aller Vorarbeiten zu überwinden hatten,
und wie sie dieselben überwunden haben, zeigen klar folgende
Worte Jakobs in seiner Lebensbeschreibung: „Das Schwierige
bestand hauptsächlich darin, daß die meisten Quellen noch gar
nicht herausgegeben waren, oder unkritisch, daß man sich müh=
sam und mit Kostenaufwand der Handschriften versichern mußte
und eigenhändige Abschriften nicht scheuen durfte. Die auf
solche Abschriften verwandte Zeit ist aber keine verlorene,

sondern eben sie führen auf genaues Verständnis und heben
das Unsichere oder Bedenkliche hervor. Ein anderer Grund=
satz, der mir stets vorschwebte, war, in diesen Untersuchungen
nichts gering zu schätzen, vielmehr das Kleine zur Erläuterung
des Großen, die Volkstradition zu Erläuterung der geschriebenen
Denkmäler zu brauchen."

Das Interesse für die altdeutsche Litteratur vor den
Brüdern Grimm gleicht einer Flamme, die dem Verlöschen
nahe nur noch schwach glimmt, aber zeitweise wieder aufflackert,
wenn ein Tropfen Öl in sie fällt. Ein solcher belebende
Tropfen war die patriotische Begeisterung der Romantiker;
rasch würde sich die auflobernde Flamme verzehrt haben, wenn
nicht die Brüder Grimm die Schächte gegraben und aus=
gemauert hätten, aus denen jener Flamme, dem Interesse am
altdeutschen Schrifttum, für alle Zeiten Nahrung zugeführt
werden kann.

IV.

Die Brüder Grimm und die Franzosenzeit.

Nach seiner Rückkehr nach Hessen bewarb sich Jakob Grimm, anscheinend ohne eine Prüfung bestanden zu haben, um eine Anstellung bei der Regierung, doch erfolglos. Endlich wurde er Januar 1806 im Sekretariat des Kriegskollegiums zu Kassel, wohin auch unterdessen seine Mutter gezogen war, als Accessist mit 100 Reichsthalern angestellt. Hier gab es viele und geistlose Arbeit, die ihm nicht zusagte; um so eifriger aber setzte er während seiner sparsamen Mußezeit die begonnenen Studien über altdeutsche Litteratur und Dichtkunst fort. Unterdessen brachen die Stürme des Krieges auch über Hessen herein. Am 1. November wurde Kassel von den Franzosen besetzt. Nun erwuchs dem Kriegskollegium durch die Verpflegung der durchziehenden Truppen sehr viel Arbeit, besonders aber Jakob Grimm, da er wegen seiner Fertigkeit im Französischen gut mit jenen verkehren konnte. Dies und der Abscheu vor dem französischen Recht, das damals auch in Hessen eingeführt wurde, bewogen ihn, seine Entlassung zu nehmen und überhaupt auf die juristische Laufbahn zu verzichten. Seinem ehemaligen Lehrer Savigny gegenüber rechtfertigte er 1850 diesen Schritt mit folgenden patriotischen

Worten: „Zwar das römische Recht hätte mich länger ange=
zogen, doch eine innere Stimme und der Drang äußerer Er=
eignisse lenkten mich von ihm ab. Es waren meines Lebens
härteste Tage, daß ich mit ansehen mußte, wie ein stolzer,
höhnischer Feind in mein Vaterland einzog — —. Damals
— wurde alles römische und deutsche Recht mit einem Streiche
aufgehoben und der Code Napoleon als Gesetz eingeführt, wie
hätte mir das die Rechtsstudien nicht verleiden sollen? Ich
tröstete und labte mich immer stärker am Altertum unserer edlen
Sprach= und Dichtkunst, aus welchem auch Seitenpfade in das
altheimische Recht einschlugen." Gestützt auf seine Fertigkeit im
Lesen von Handschriften und seine litteraturgeschichtlichen Kennt=
nisse bewarb er sich um eine Stelle bei der öffentlichen Biblio=
thek in Kassel, jedoch ohne sie zu erhalten. Nun brach eine
kummervolle Zeit über ihn und seine Familie herein, da er
fast ein Jahr ohne Anstellung war, und auch sein Bruder
Wilhelm, der Frühjahr 1807 das juristische Examen ablegte,
keine erlangen konnte. Und doch hat wohl gerade diese Zeit
der schweren Not die Brüder auf die rechten Wege gewiesen.
Denn in sie haben wir den Anfang ihrer schriftstellerischen
Thätigkeit zu setzen. Diese begannen sie damit, daß sie einige
kleinere Aufsätze in dem Münchener Neuen litterarischen An=
zeiger erscheinen ließen. Nach Jakobs eigener Angabe ist dies
schon seinerseits im Jahrgang 1806 dieser Zeitschrift geschehen;
sein erster nachweisbarer Aufsatz ist aber in der Nummer vom
17. März 1807 und der darauffolgenden enthalten. Er scheint
daher die Zeit der Abfassung mit der des Erscheinens ver=
wechselt zu haben. Immerhin wird aber das Jahr 1806 als
dasjenige angesehen werden müssen, welches seinen ersten für
den Druck bestimmten Aufsatz zeitigte. In ihm geißelt er die
unkritische Behandlungsweise altdeutscher Gedichte. Sein zweiter

Aufsatz handelt über das Nibelungenlied und andere über Minne= und Meistersänger, über die Übereinstimmung der alten Sagen, über Bertoldo und Markolf, während Wilhelm „über Wilhelm von Oranse", „über die Originalität des Nibelungen= liedes und des Heldenbuchs" und „über einige unbekannte Ausgaben von Salomon und Markolf" schrieb und einen „Beitrag zu einem Verzeichnis der Dichter des Mittelalters" gab.

Gleichzeitig reifte noch in dem Geiste Jakobs, der sich dadurch so recht als echte Forschernatur bekundete, ein groß= artiger Entwurf: Eine Geschichte der altdeutschen Poesie plante er „als noch dazu kein Beispiel weder in der alten Litteratur noch in der neueren gegeben worden ist". Darin wollte er weniger Gewicht auf Sprache, Form und Verfasser der ein= zelnen Gedichte legen, als vielmehr ihr Verhältnis zur Sage feststellen. Ihm ist die Sage die Urpoesie, die einzelnen Ge= dichte sind ihm nur verschiedene Gestaltungen davon. Dem= nach sollte in dieser beabsichtigten Geschichte der deutschen Dichtung die Sage soweit wie möglich auf ihren Ursprung zurückgeführt und die Umwandlung, welche der Urstoff in den einzelnen Gedichten erlitten hat, klar dargestellt werden. Wenn auch der Hauptbeweggrund zu derartigen Plänen und Unter= suchungen in dem Forschertriebe der Brüder Grimm zu suchen ist, so trat doch sicherlich als zweiter die erwachte Liebe zu dem geknechteten deutschen Vaterlande hinzu. Ihnen scheint es gegangen zu sein wie damals vielen edlen Deutschen, in deren Herzen infolge ihrer Erziehung die Liebe zu dem deutschen Vaterlande zunächst nur ein bescheidenes Plätzchen neben der zum Heimatslande einnahm. Als aber dann dieses von den Franzosen unterjocht und deutsches Wesen und deutsche Art verhöhnt wurde, da fühlten sie sich erst recht als Deutsche, und die Liebe zum gesamten großen Vaterlande gewann immer

mehr Raum in ihren Herzen. Wer aus der deutschen Geschichte gelernt hat, daß echte deutsche Vaterlandsliebe sich nur
auf Heimatsliebe gründen kann, den werden folgende von
Jakob Grimm 1838 gethane Äußerungen belehren, daß der
große Germanist niemals ein beschränkter Partikularist gewesen
ist: „Sie gewöhnten mich von Kindesbeinen an, diese durch
glänzende Mittel wenig hervorstechende, durch angestammte
Tüchtigkeit und Genügsamkeit ausgezeichnete Landschaft nur
als einen wesentlichen Bestandteil des deutschen Vaterlandes
anzusehen, dessen Ruhm und Größe auch sie bestrahlen, und
was sie ihm zum Opfer darbringen könnte, liebend empfangen
müßte. Meine Gedanken, sobald ich sie sammeln, meine Arbeiten, so lange ich sie richten konnte, kehrten sich auf die Erforschung unscheinbarer, ja verschmähter Zustände und Eigen-
tümlichkeiten Deutschlands, aus welchen ich Haltepunkte zu
gewinnen trachtete, stärkere, als uns oft die Beschäftigung mit
dem Fremden zuwege bringt. Schon der Beginn dieser Studien
war hart, aber trostreich. Mit herbstem Schmerz sah ich
Deutschland in unwürdige Fesseln geschlagen, mein Geburts-
land bis zur Vernichtung seines Namens aufgelöst. Da
schienen mir beinahe alle Hoffnungen gewichen und alle Sterne
untergegangen; nur erst mühsam und langsam geriet es mir,
die Fäden des angelegten Werkes wieder zu knüpfen. Es war
nicht umsonst, ich hatte mich heimlich emporgerichtet und meine
Arbeiten gewannen Fortgang. Nach Deutschlands Befreiung
und Hessens Wiederherstellung sollten sie mir den großen
Lohn tragen, daß für den Gegenstand ihrer Forschungen die
ihnen vorher abgewandte öffentliche Meinung empfänglich und
günstig wurde." (Über meine Entlassung.) Wie wahrheits-
getreu und kerndeutsch klingt Wilhelms Schilderung von den
innern Zuständen Hessens während der Franzosenzeit in seiner

Lebensbeschreibung: „Ich habe stets die Schmach gefühlt, welche in der fremden Herrschaft lag; an harten, unerträg= lichen Einrichtungen, an Ungerechtigkeiten aller Art fehlte es nicht, und ich weiß wohl, mit welchem Gefühl ich die armen Menschen habe durch die Straße hinwanken gesehen, welche zum Tode geführt wurden; aber dieser Zustand drückte mich nicht nieder, wie er, selbst im geringeren Grade, würde ge= than haben, sobald Gesetzlichkeit, Ordnung und Wahrheit an der Spitze stehen sollten. Aber damals entsprang das Un= recht aus der Lage der Dinge, die in vielen Fällen mächtiger war, als der Wille des Gewalthabers selbst; es schien wie eine Naturnotwendigkeit zu sein oder eine strenge Fügung Gottes." Wie Fichte durch seine Philosophie, so wollten die Brüder Grimm durch ihre Forschung über deutsche Sage und Dichtung das deutsche Nationalbewußtsein stärken und so mit an der Aufrichtung des gesunkenen Vaterlandes arbeiten. Dies haben sie mehrfach klar ausgesprochen, so 1830 Wilhelm: „Das Drückende jener Zeiten zu überwinden half denn auch der Eifer, womit die altdeutschen Studien getrieben wurden. Ohne Zweifel hatten die Weltereignisse und das Bedürfnis, sich in den Frieden der Wissenschaft zurückzuziehen, beigetragen, daß jene lange vergessene Litteratur wieder erweckt wurde; allein man suchte nicht bloß in der Vergangenheit einen Trost, auch die Hoffnung war natürlich, daß diese Richtung zu der Rück= kehr einer anderen Zeit etwas beitragen könne." Und Jakob: „— bemerke ich im voraus, daß fast alle meine Bestrebungen der Erforschung unserer älteren Sprache, Dichtkunst und Rechts= verfassung entweder unmittelbar gewidmet sind, oder sich doch mittelbar darauf beziehen. Mögen diese Studien überhaupt manchem unergiebig geschienen haben und noch scheinen; mir sind sie jederzeit vorgekommen als eine würdige, ernste Auf=

gabe, die sich bestimmt und fest auf unser gemeinsames Vaterland bezieht und die Liebe zu ihm nährt." Ferner: „Weil
ich lernte, daß seine Sprache, sein Recht und Altertum viel
zu niedrig gestellt waren, wollte ich das Vaterland erheben."
1847 erklärte er auf der Germanistenversammlung zu Lübeck —
und bei ihm war das keine Phrase —, er habe niemals im
Leben etwas mehr geliebt, als sein Vaterland. Und kurz vor
seinem Tode schrieb er noch: „Alle meine Arbeiten wandten
sich auf das Vaterland, von dessen Boden sie auch ihre Kraft
entnahmen, mir schwebte unbewußt und bewußt vor, daß es
uns am sichersten führe und leite, daß wir ihm zuerst verpflichtet seien."

Das Angeführte zeigt wohl klar, daß auch die Brüder
Grimm gleich den Romantikern von der Liebe zum deutschen
Vaterlande für ihre germanistische Thätigkeit begeistert wurden. Aber im Gegensatz zu diesen wollten sie durch ernste
Forscherarbeit dem deutschen Volke dienen und glaubten, daß
ihm eine gründliche Kenntnis seiner großen Vergangenheit mehr
nütze als geistreiche wenn auch patriotische Phrasen darüber.
Geistreich über etwas zu schreiben, ohne die wissenschaftlichen
Belege darüber zu haben, flüchtig über ein Gebiet hinweg zu
blicken, ohne Nebensächliches zu beachten, ging beiden gegen
ihre Natur.

Die beiden Grimm waren mit Achim von Arnim bekannt geworden. Als dieser daher für die germanistischen Bestrebungen der Romantiker Anfang 1808 in Heidelberg die
Zeitung für Einsiedler gründete, welche aber nur ein halbes
Jahr bestand, beteiligten sie sich als Mitarbeiter, und zwar
veröffentlichte Jakob in ihr zwei Aufsätze „Entstehung der
Verlagspoesie" und „Gedanken, wie sich die Sagen zur Poesie
und Geschichte verhalten", und Wilhelm mehrere Übersetzungen
von dänischen Volksliedern.   3*

Letzterer befaßte sich immer gründlicher mit der Nibelungen-
und der Heldensage überhaupt, wie sein Aufsatz „Über die
Entstehung der altdeutschen Poesie und ihr Verhältnis zu der
nordischen" in den Studien von Daub und Creuzer sowie
seine Anzeige der Nibelungen von von der Hagen in den Heidelberger Jahrbüchern von 1809 bekunden. Denn in diesen
Arbeiten zeigt er sich durch positive Kenntnis über die einzelnen Sagen, über ihre Verbreitung und Umwandlung, sowie durch Klarheit der Gruppierung derselben seinen Vorgängern schon bedeutend überlegen.

Daß bereits diese ersten schriftstellerischen Versuche der
Brüder Grimm ihnen selbst Befriedigung gewährten und auch
den Beifall des Publikums fanden, hat 1830 Wilhelm selbst
bezeugt: „Dazu kam die Zufriedenheit, die mit den ersten
Versuchen verbunden zu sein pflegt, wo man die Schwierigkeiten noch nicht kennt und alles aufs beste gemacht zu haben
glaubt.

An Empfänglichkeit bei dem Publikum hat es niemals ge-
fehlt; einige Ungunst ward hier und da durch die natürliche
Neigung zum Widerspruch hervorgerufen, am widerwärtigsten
wirkte der abgeschmackte Enthusiasmus unwissender Lobredner,
welche ich dem Mehltau vergleiche, der auf die gesundesten
Pflanzen fällt und sie eine zeitlang im Fortwachsen hemmt."

Da verschied am 27. Mai 1808 im Alter von 52 Jahren
die treu sorgende Mutter. Aufs rührendste zeigt sich bei diesem
Trauerfalle die kindliche Liebe der Brüder. Den Harm um
die tote Mutter, welche ohne den Trost, eines ihrer Kinder
versorgt zu wissen, starb, bezeichnet Jakob als den tiefsten
Schmerz, der ihn jemals betroffen habe, und Wilhelm sagt noch
1830: „Die Liebe zu meiner Mutter ist noch jetzt, nachdem
sie länger als zwanzig Jahre im Grabe liegt, unvermindert."

Das Kurfürstentum Hessen war von Napoleon dem neu errichteten Königreiche Westfalen einverleibt und Kassel zur Residenzstadt des westfälischen Königs Jerome, der ein Bruder des Kaisers war, gemacht worden. In dessen Dienst war auch der schweizerische Geschichtsschreiber und begeisterte Verherrlicher des Nibelungenliedes, Johann von Müller, getreten. Dieser zollte den germanistischen Arbeiten Jakob Grimm's Beifall und wirkte ihm daher am 5. Juli 1808 eine Anstellung als Privatbibliothekar in dem bei Kassel gelegenen königlichen Lustschlosse Wilhelmshöhe mit einem Gehalte von 2000 Franken aus. Am 17. Februar 1809 wurde Jakob Grimm auch noch zum Staatsratsauditor ernannt und bezog nun einen Gehalt von 4000 Franken, so daß er und seine Geschwister der Nahrungssorgen enthoben waren. Jakob verharrte in dieser Stellung, welche ihm sehr viel Zeit für seine germanistischen Forschungen frei ließ und außerdem die dazu nötigen Hilfsmittel bequemer als jede andere Stellung gewährte, bis zu dem Ende 1813 erfolgenden Zusammenbruche dieses Königreiches von Napoleon's Gnaden. Auch sein Bruder Wilhelm lebte meist bei ihm und schöpfte gleichfalls eifrig aus der in Wilhelmshöhe sprudelnden Quelle der Wissenschaft.

Unterdessen hatte sich aber sein altes Brustübel sehr verschlimmert, so daß er sich Ende März 1809 nach Halle begab, um dort den berühmten Arzt Reil zu befragen. Auf dessen Rat mußte er eine ganz andere Lebensweise beginnen und namentlich das Arbeiten längere Zeit vollständig einstellen. In der That trat nun eine langsam fortschreitende Besserung ein, so daß er sich 1815 als genesen betrachten durfte, wiewohl ihm noch 1830 mehrstündige Märsche Herzklopfen verursachten. Besonders angenehm für ihn gestaltete sich sein fast halbjähriger Aufenthalt in Halle durch die herzliche Freundschaft des

Kapellmeisters Reichard, in dessen Hause er verkehrte und der ihm öfter seine Kompositionen Goethescher Lieder vortrug. Wilhelm Grimm's Urteil hierüber zeigt, daß er auch Geschmack und Verständnis für Musik besaß:

„Bei dem jetzigen Geschmack für eine Musik, die nicht Reize genug anhäufen kann, Mozart's Werke nur im ganzen für schön, im einzelnen für längst übertroffen hält, sind diese Kompositionen meist zurückgestellt; einem einfachen Geschmack, der die natürlichen Früchte lieber, als den siebenmal abgezogenen Geist genießt, und in den überfüllten Blumen eher einen krankhaften Trieb, als eine Schönheit erkennt, sagen sie vielleicht wieder zu."

Auch Jakob benutzte die Bekanntschaft mit Reichard, um sich durch Wilhelms Vermittelung Belehrung über einige musikalische Fragen, die ihm bei der Beschäftigung mit den Meistersängern gekommen waren, zu verschaffen.

In Halle sah Wilhelm die beiden Freiheitshelden, Schill und den Herzog von Braunschweig; recht bezeichnend für sein Gottvertrauen ist das, was er in Bezug auf diesen 1830 äußert:

„Damals schien er bei seinem Abzuge uns allen verloren, aber er hatte recht gehabt, dem Glücke zu vertrauen, und er glich dem Mutigen, der bei dem Sturm sich aus dem Schiff herab ins Meer wirft, und von den Wellen glücklich ans Ufer getragen wird. — — Allein mitten in solchem Zustande völliger Hoffnungslosigkeit, der, gewöhnlicher Ansicht nach, keinen Zweig mehr darbietet, nach dem der Herabstürzende greifen kann, ersteht in dem menschlichen Herzen das Vertrauen auf Gottes Beistand; das Äußerste, das eingetreten ist, scheint zugleich der Anfang einer besseren Zeit, und man fühlt sich von der Sorge befreit, nachzusinnen, auf welchem Wege die Hilfe kommen werde."

Mitte September verließ Wilhelm Halle und reiste mit
Clemens Brentano nach Berlin, um Achim von Arnim
zu besuchen. Hier hielt er sich über zwei Monate auf, haupt=
sächlich um Handschriften und Bücher zu studieren und aus=
zuziehen. Doch lernte er auch durch Arnim mehrere hervor=
ragende Zeitgenossen kennen, so besonders Chamisso und
von der Hagen. Des letzteren Beispiel brachte ihn zu der
Erkenntnis, daß er und sein Bruder Jakob sich zur Förde=
rung ihrer gelehrten Thätigkeit eine ausgebreitete Korrespondenz
verschaffen müßten. Von hessischer Anhänglichkeit getrieben,
machte er auch der dorthin geflüchteten hessischen Kronprinzessin
seine Aufwartung.

Gegen Ende November trat er den Rückweg nach Kassel
über Halle, Naumburg, wo er die Naubert, die Ver=
fasserin der deutschen Volksmärchen, besuchte, und Weimar
an. Hier wurde ihm, wie er selbst sagt, „das Glück zu teil,
Goethe zu sehen", für den er ja schon als Schüler geschwärmt
hatte. Über diesen Besuch bei Goethe schreibt er 1830 in
seiner Lebensbeschreibung: „Er äußerte Teilnahme für die Be=
mühungen zu gunsten einer lang vergessenen Litteratur und
Geneigtheit, sie zu unterstützen — —. Ich glaube, ihn selbst
gesehen zu haben, ist zu dem Verständnisse seiner Gedichte
ungemein förderlich. In ihnen ist dieselbe Mischung der groß=
artigsten, reinsten und edelsten Natur, die ein sinnvoller Mensch
sogleich anerkennt und verehrt, und jener höchsteigentümlichen,
besonderen Bildung, deren Gang man nur zuweilen errät.
Erregt doch auch der wunderbare Blick seiner Augen ebenso=
wohl das vollste Zutrauen, als er uns ferne von ihm hält.
Wenn in einer Zeit eine nationelle Gesinnung herrscht, mag
es von geringerer Bedeutung sein, die Persönlichkeit des Dichters
kennen zu lernen, der den Charakter des Volks in höchster Blüte

darstellt; anders verhält es sich, wo eine solche Nationalität fehlt und ein Geist, je größer er ist, desto freier und kühner, innern unausmeßbaren Bedürfnissen gemäß sich entwickelt und bei höherem Aufsteigen immer einsamer sich fühlen muß. Man findet diese Einsamkeit, meine ich, in den meisten seiner Werke, und das Ansprechendste und Einleuchtendste mit dem Seltsamsten und Fremdartigsten verbunden. Aus diesem Verhältnis wird auch das Verlangen unserer Zeit gerechtfertigt, die Geschichte der Bildung eines ausgezeichneten Mannes zu erfahren, die oft das Verlangen nach dem unmittelbaren Genuß seiner Werke übersteigt."

Auch mit „Madame Schopenhauer", der Mutter des berühmten Philosophen, ward Wilhelm in Weimar bekannt.

Von 1809 bis 1817 waren die Brüder Grimm eifrige Mitarbeiter an den Heidelberger Jahrbüchern. Namentlich veröffentlichten sie darin zahlreiche Bücherbesprechungen; auch kündigten sie eigene Werke an; doch ist in dem Jahrgange 1809 bereits Wilhelms Einleitung zu dem mittelhochdeutschen Epos Herzog Ernst enthalten.

Mit welchem kritischen Blick die Brüder Grimm bereits die damalige Litteratur betrachteten, zeigt ihr gegenseitiger Briefwechsel vom April bis Dezember 1809, in dem Wielands, Herders, Goethes, Jean Pauls, Friedrich Schlegels, Arnims und anderer gedacht wird. Meist sind Jakobs Urteile schärfer. Doch auch hinsichtlich der mittelhochdeutschen Litteratur sprach er schon den 15. April 1809 folgende richtige Wertschätzung aus: „Der Parzival steht weit über dem Tristan in Sprache und Poesie, worin der Wolfram auch einzig steht und noch gar nicht erkannt wird, die Sage im Parzival ist auch nicht verwickelt, aber der Inhalt schwerer, ernsthafter. Die Geschichte ist im Tristan viel freier, lieblicher,

scheint aber auch unwahr und lügenhafter, und der Parzival
viel älter und historischer. Dabei ist vorzüglich der Gottfried
breit und geschwätzig, gewandt aber selten tief, ja geneigt,
wunderbare alte Sagen, die in Tristans Geschichte vorkommen,
daraus auszulassen."

In reicherem Maße zeigten sich die Früchte von beider
Brüder wissenschaftlicher Thätigkeit auf Wilhelmshöhe seit dem
Jahre 1811. — Jakob ließ 1811 kleinere das altdeutsche
Schrifttum betreffende Aufsätze in dem Berliner Museum für
altdeutsche Litteratur erscheinen, namentlich aber sein erstes
Werk, das er als selbständiges Buch veröffentlichte und „Über
den altdeutschen Meistergesang" benannte. Er war
wegen seiner früher ausgesprochenen Behauptung, „daß der
Minnesang Meistergesang ist", angegriffen worden. Die Folge
davon war gewesen, daß er die Lyriker der Hohenstaufenzeit
sehr ausführlich studiert hatte. Die Ergebnisse dieser höchst
mühsamen und, wie er offen eingesteht, für ihn sehr lang=
weiligen Forschungen bilden den Inhalt des erwähnten Buches.

Dabei hatte er aber die begonnenen Untersuchungen über
Sage und Märchen keineswegs fallen gelassen, so scheint die
1815 in Wien herausgegebene Abhandlung „Irmenstraße
und Irmensäule" schon damals entstanden zu sein; ja er
wurde sogar dadurch auf die Beschäftigung mit den alt=
spanischen Romanzen geführt, deren Herausgabe er schon
November 1810 in den Heidelberger Jahrbüchern in Aussicht
stellte. Doch unterblieb diese damals noch wie auch die des
mittelhochdeutschen Reinhart Fuchs, wovon eine Handschrift
im Vatikan gefunden und den Brüdern Grimm zur Benutzung
überlassen worden war.

Aus dem gleichen Grunde zogen die Brüder Grimm die
altnordischen oder normannischen Helden= und Götterlieder der

alten Edda schon damals in den Bereich ihrer Untersuchungen; auch veröffentlichte Wilhelm in den Berliner Abendblättern „Rätsel aus der Hervarasage". Ehe sie aber davon weiteres folgen ließen, gaben sie Sommer 1812 „die beiden ältesten deutschen Gedichte aus dem 8. Jahrhundert: das Lied von Hildebrand und Hadubrand und das Weißenbrunner Gebet" heraus. Auch auf diese altdeutschen Dichtungen waren sie durch ihre Sagen= und Mythenforschung gekommen.

Wie hoch schon in jener Zeit Jakob Grimm die Mund= arten stellte, zeigt eine Äußerung in seiner Besprechung der 1811 erschienenen isländischen Grammatik Rasks:

„Jede Individualität soll heilig gehalten werden, auch in der Sprache; es ist zu wünschen, daß auch der kleinste, ver= achtetste Dialekt, weil er gewiß vor dem größten und ge= ehrtesten heimliche Vorzüge voraus haben wird, nur sich selbst und seiner Natur überlassen bleibe und keine Ge= waltsamkeit erdulde."

Die schriftstellerische Thätigkeit der Brüder Grimm, die besonders auf altdeutsche Sage und Litteratur gerichtet war, wurde auf einige Zeit durch die politischen Ereignisse des Jahres 1813 unterbrochen. Nach der gewaltigen Völkerschlacht auf Leipzigs Fluren fing der westfälische König Jerome an, sich nicht mehr sicher zu fühlen, und gab Befehl, die kost= barsten Bücher zu Kassel und Wilhelmshöhe nach Paris zu senden. Jakob Grimm stellte diejenigen Handschriften, welche sich auf hessische Kriegsgeschichte bezogen, als unwichtig hin und bewirkte dadurch, daß sie nicht mit nach Paris gesandt wurden. Bald folgten Jerome und seine Franzosen den Büchern, und Ende des Jahres zog der Kurfürst von Hessen unter dem Jubel des Volks und auch der Brüder Grimm, die neben dem Wagen des alten Landesherrn herliefen, in

Kaffel ein. Im Gefolge der Kurfürstin kehrte auch ihre Tante Zimmer zurück, und besonders wohl durch deren Einfluß wurde Jakob zum Legationssekretär ernannt. Als solcher begab er sich um Neujahr 1814 in das Hauptquartier der Verbündeten und zog auch später mit in Paris ein, während seine Brüder Ludwig Emil, der sich als Maler einen Ruf erworben hat, sowie Karl als Freiwillige in das nach Frankreich ziehende deutsche Heer eintraten und Ferdinand im Begriff dasselbe zu thun in München erkrankte, so daß von den Geschwistern nur Wilhelm, der den 6. Februar zum Sekretär an der Kasseler Bibliothek mit einhundert Thalern Gehalt ernannt wurde, und die Schwester Charlotte Amalie in der Heimat zurückblieben. Wilhelm hatte Kriegsberichte aus Kassel veröffentlicht. Damals lernte er den durch Kassel ziehenden Turnvater Jahn kennen, Jakob dagegen unterwegs die Dichter Hebel und von Schenkendorf. In einem Briefe an Wilhelm vom 4. Februar findet sich folgende bedeutsame Äußerung Jakobs über jenen Krieg: „Es ist in diesem ganzen Kriege fortwährend der große Unterschied zu merken, daß Gott durch die Begebenheiten und die Stimme des Volkes lenkt und leitet, was die Vorurteile der Kabinette nicht verderben können. Die Schriftstellerei hat wohl auch nie so herrlich gewirkt, Arndt's Schrift über die Rheingrenze ist von deutlichem Erfolge gewesen." — Elsaß aus der Hand zu lassen, erklärte er für „Sünde und Schwachheit". — Da später auch der Bibliothekar Völcker nach Paris gesandt wurde, so hatte Wilhelm eine Zeitlang die Bibliothek ganz allein zu verwalten. Jakob hingegen forschte im Auftrage des Kurfürsten nach den aus Hessen weggeführten Handschriften und Büchern; außerdem benutzte er jeden freien Augenblick, um auf der Pariser Bibliothek zu arbeiten, wie er sich schon auf der Reise eifrig nach altdeutschen Handschriften und Büchern umgesehen hatte.

Im Sommer 1814 kehrte er mit den wieder erlangten Handschriften und Büchern nach Kassel zurück, von wo er sich aber bereits Ende September nach Wien zum Kongreß begab. Hier verweilte er bis Juni 1815 und arbeitete, soviel er konnte, auf der Bibliothek, wo er 40 noch unbekannte Strophen des Nibelungenliedes entdeckte. Unterdessen erschienen in Berlin die bereits früher von beiden Brüdern vorbereiteten und vorzüglich ausgestatteten Ausgaben der „Lieder der alten Edda" und des Armen Heinrich's von Hartmann von der Aue. Die Ausgabe des Armen Heinrich's war schon Ende 1813 angekündigt und darauf zum Besten der hessischen Freiwilligen Pränumeration mit folgenden schlichten Worten eröffnet worden: „In der glücklichen Zeit, wo jeder dem Vaterlande Opfer bringt, wollen wir das altdeutsche, schlichte, tiefsinnige und herzliche Buch vom armen Heinrich, worin dargestellt ist: wie kindliche Treue und Liebe Blut und Leben ihrem Herren hingiebt und dafür herrlich von Gott belohnt wird, neu herausgeben." — Die beigefügte Erklärung hebt zum ersten Male Hartmann von der Aue, Gottfried von Straßburg und Wolfram von Eschenbach) als die drei größten unter den mittelhochdeutschen epischen Dichtern hervor und kennzeichnet ihren Stil vollkommen richtig, den Hartmann's als mild und ernst, den Gottfried's als noch lieblicher, doch zuweilen spielend, den Wolfram's als herber und schwerer, aber auch kühner und prächtiger denn denjenigen beider anderen. Hierin sind auch höchst bedeutsame Worte über die Mundarten enthalten, deren Mannigfaltigkeit sich zu einander, wie in einem weiteren Kreise die Sprachen selbst verhalte: „Hier sind sozusagen Verstämmungen und Verästungen, wie dort Verzweigungen: beide in höchst ähnlichen Gesetzen sich ausdehnend und auslaufend. Gleiches, Gemeinschaftliches und Verwandtes zeigt jede Stufe,

sowie daneben gleich sicher unverboten das Eigentümliche. So
entsteht neben der Mundart der Landschaft die der Städte und
Dörfer, dann die eines elterlichen Hauses und geschwisterlichen
Umgangs, zuletzt schafft die selbsteigene Gewohnheit und Bildung
einen besonderen, stets regsamen Kreis des Ausdrucks in der
Rede. — — Wir scheinen nach und nach in freier Zulassung
der Mundarten für gedruckte Bücher — — zu streng geworden
zu sein."

Auch dem Rechte hatte sich Jakob Grimm damals wieder
zugewandt und zwar, wie er schon am 26. März 1814 an
Wilhelm geäußert hatte, in dem Glauben, „daß bei einer
dereinstigen Erfrischung unserer deutschen Rechtsverfassung man
aus diesen Quellen" (dem alten Rechte) „manches brauchen
sollte." Während Wilhelm vom August bis Mitte Oktober 1815
den Rhein, „diesen wunderbaren Fluß, der einen Deutschen,
der ihn zum ersten Mal sieht, so eigen bewegt", wie er an
Fräulein von Haxthausen am 15. März 1816 schrieb, besuchte,
reiste Jakob im Auftrag der preußischen Regierung nochmals
nach Paris, um die aus verschiedenen Gegenden dort zusammen-
gebrachten Handschriften zu ermitteln und zurück zu verlangen.
Diese Gelegenheit nutzte er gleichfalls wieder zu handschrift-
lichen Studien aus, mußte aber bald davon abstehen, weil
sich das sonst so freundliche Verhältnis, in welchem er zu
den Pariser Bibliothekaren stand, bei der Vollziehung seines
Auftrages sehr verschlechterte. Im Dezember kehrte er nach
Kassel zurück.

V.

Die Märchen.

Das Interesse der Jugend und ihrer Erzieher sichern den Brüdern Grimm, so lange es noch ein deutsches Volk giebt, ihre Märchen und Sagen. Der Plan, die deutschen Sagen und Kindermärchen, welche noch im Munde des Volkes lebten, zu sammeln, reifte sogleich bei Beginn ihrer schriftstellerischen Thätigkeit, wahrscheinlich schon 1806. Manches Märchen und manche Sage mochte von der Kindheit her ihr kindlicher Sinn noch treu im Gedächtnis bewahrt haben. Nach neuen Schätzen emsig suchend, wie einst als Knaben nach Insekten und Pflanzen, durchstreiften sie während der nächsten sechs Jahre das Main= und Kinzigthal. Besonders eifrig trieben sie die Märchensammlung seit 1809. Der nahe Zusammenhang einiger altdänischen Volks= und Heldenlieder mit der deutschen Heldensage leiteten Wilhelm Grimm auf eine eingehendere Beschäftigung mit jenen überhaupt. 1811 gab er nun von sämtlichen bis dahin aufgefundenen mit Ausnahme der geschichtlichen eine sehr beifällig aufgenommene deutsche Übersetzung heraus. Den Stoff mehrerer dieser Lieder bildeten Märchen, und dies giebt ihm Veranlassung, die Bedeutung der Märchen schon damals hervor zu heben:

„In den Märchen ist eine Zauberwelt aufgethan, die auch bei uns steht, in heimlichen Wäldern, unterirdischen Höhlen, im tiefen Meere, und den Kindern noch gezeigt wird. Diese Märchen verdienen eine bessere Aufmerksamkeit, als man ihnen bisher geschenkt, nicht um ihrer Dichtung wegen, die eine eigene Lieblichkeit hat und die einem jeden, der sie in der Kindheit angehört, eine goldene Lehre und eine heitere Erinnerung daran durchs ganze Leben mit auf den Weg giebt; sondern auch weil sie zu unserer Nationalpoesie gehören, indem sich nachweisen läßt, daß sie schon mehrere Jahrhunderte durch unter dem Volke gelebt."

Doch obgleich Jakob Grimm damals schrieb: „Es ist höchste Zeit geworden, alte Überlieferungen zu sammeln und zu retten, damit sie nicht, wie Tau in heißer Sonne vergeht, wie Feuer im Brunnen erlischt, in der Unruhe unserer Tage auf immer verstummen" — konnten sich die Brüder immer noch nicht zur Veröffentlichung ihrer reichen Märchensammlung entschließen, was entschieden ein Beweis ihrer philologischen Gewissenhaftigkeit ist. Da zeigten sie Achim von Arnim, der sie besuchte, ihre aufgespeicherten Schätze; von allen Sammlungen gefielen diesem die Märchen am besten, und er setzte es durch, daß die Brüder die bis dahin gesammelten Märchen noch Weihnachten 1812 als 1. Band erscheinen ließen. Der 2. Band folgte Anfang des Jahres 1815, ein großer Teil der darin enthaltenen Märchen war von der Familie von Haxthausen in Westfalen, mit der die Brüder Grimm sehr befreundet waren, gesammelt worden; beide Bände enthielten zusammen gegen anderthalb hundert Märchen, von denen hier nur die glänzendsten Perlen hervorgehoben seien: Dornröschen, Schneewittchen, Rotkäppchen, Däumling, Hänsel und Grethel. Die Wiedergabe der aus dem

Volksmunde vernommenen „Kinder= und Hausmärchen"
ist die erste wissenschaftliche That der Brüder Grimm, der
gegenüber alles vorher und kurz nachher von ihnen Geleistete
nur als schwebende Fragen weiter fördernde Worte erscheint.
Dies Werk überragt turmhoch alle ähnlichen, die vorher ent=
standen waren, und reicht an litterarischer und volkstümlicher
Bedeutung fast an Luthers deutsche Bibelübersetzung hinan.
Im Gegensatz zu der von Musäus in seinen Volksmärchen
gezeigten subjektiven Art wiederzuerzählen sowie zu Arnims
und Brentanos Ungenauigkeit bei der Wiedergabe von Volks=
dichtungen in des Knaben Wunderhorn war es dem kindlichen
Gemüte der Brüder Grimm und ihrem treu wahrenden Ge=
dächtnisse vorbehalten, in ihren nacherzählten Märchen den
echten rechten deutschen Volks= und Kinderton gleich Luther
zu treffen. Noch 1809 hatte Wilhelm geschrieben: „Unsere
Zeit kann sich in den schwersten Gesetzen bewegen, nur nicht
unschuldig und gerad erzählen." Durch den engsten Anschluß
an die Erzählungsweise des Volkes, von der sie jede bemerkte
Eigentümlichkeit, wie die Aufforderung, an die Wahrheit des
Erzählten zu glauben, treulich festhielten, und durch ängstliche
Vermeidung aller ausschmückenden Willkür, in der sich andere
so gefielen, haben sie es fertig gebracht, in ihren Märchen ein
ewig mustergültiges Beispiel unschuldiger und schlichter Er=
zählung für das deutsche Schrifttum hinzustellen. Beim Christ=
feste von 1812 konnte wirklich der deutschen Jugend an Stelle
der fremden Märchen wie „Tausend und eine Nacht" zum
ersten Male die Weihnachtsgabe auf den Tisch gelegt werden,
welche einst Herder für sie gewünscht hatte ³): „Eine reine
Sammlung von Kindermärchen in richtiger Tendenz für den
Geist und das Herz der Kinder, mit allem Reichtum zauber=
rischer Weltszenen, sowie mit der ganzen Unschuld einer Jugend=

feele begabt, wäre ein Weihnachtsgeschenk für die junge Welt
künftiger Generationen."

Heraus aus der Schar germanistischer Mitarbeiter treten
jetzt die Brüder Grimm, beide noch nicht auf der Stufe des
Mannesalters angelangt, unter die Führer deutschen Geistes=
lebens, und bald bekommen ihre Namen einen volkstümlichen
Klang in allen deutschen Gauen, was durch keines ihrer spä=
teren großen Werke in gleicher Weise geschehen ist. Denn
obgleich ihre Kinder= und Hausmärchen das seltsame Geschick
hatten, daß fast zu gleicher Zeit (1809) von einem gewissen
Albert Ludwig Grimm eine wohlfeile Sammlung Kinder=
märchen erschien und viel Irrtümer bei der Bestellung ver=
ursachte, so verbreiteten sie sich doch rasch und gewannen über=
all in Deutschland viel Freunde.

„Die Märchen," schrieb am 14. Oktober 1815 Wilhelm
an Jakob, „haben uns bei aller Welt bekannt gemacht." —
Daher konnte ersterer, schon 1819, eine zweite Auflage der
beiden ersten Bände und 1822 einen dritten Band folgen
lassen. Die Anzahl der gesammelten Märchen war nun auf
ungefähr 200 angewachsen. Und zwar stach die Grimmsche
Märchensammlung auch äußerlich dadurch vorteilhaft von ihren
Vorgängerinnen ab, daß sie nur Märchen und keine einzige
Sage enthielt; denn bei ihrem sechs Jahre langen emsigen
Sammeln von Sagen und Märchen war den Brüdern Grimm
die Erkenntnis von dem Grundunterschied beider gekommen,
der darin beruht, daß die Sage stets an einen Ort oder
geschichtlichen Namen anknüpft, das Märchen nie. Durch
diese scharfe Scheidung von Sage und Märchen hatten sie
wieder einen bedeutenden Schritt vorwärts in der Erkenntnis
der altdeutschen Dichtung gethan. Daß weitere zahlreiche Aus=
gaben folgten, ist wohl jedem bekannt; denn welcher Deutsche

Franke, Die Brüder Grimm.   4 hat nicht eine solche oder andere nach dem Grimmschen Muster veranstaltete Märchenbücher als Kind freudestrahlend in den Händen gehabt? Man sagt: Wer die Schule hat, hat die Zukunft. Durch ihre Kinder- und Hausmärchen aber haben die Brüder Grimm einen dauernden Einfluß auf die deutschen Kindergemüter gewonnen, der sich schon vor der Schulzeit geltend macht und zwar um so nachhaltiger, je unbewußter er ist. Wir alle verdanken den Brüdern Grimm mehr, als wir ahnen. Dem deutschen Kindergeiste sind ihre Märchen das geworden, was die Muttermilch dem Kinderkörper ist: die erste Nahrung des Gemütes und der Phantasie; außerdem haben sie noch sprachbildende Bedeutung. Wem diese Behauptung übertrieben erscheint, der beobachte nur die Kleinen, die kaum sprechen gelernt haben! Wie leuchten ihre Augen auf bei der Erzählung von Schneewittchen oder Rotkäppchen! Wie schult sich ihre Sprache und ihr Denken bei dem eifrigen Bemühen, die gehörten Märchen wieder zu erzählen! Wie regt dann auch bald die erwachende Phantasie, ausmalend und hinzusetzend ihre Schwingen! Und wenn bei einer Kindervorstellung die vor dem kindlichen Geiste längst lebendig gewordenen Zaubergestalten auf der Bühne erscheinen, welcher Jubel und welche Begeisterung für die dramatische Kunst! Und zu Hause wird das Gesehene nachgeahmt im kindlichen Spiel oder auf einem Puppentheater dargestellt. Fürwahr auch für die Erweckung der Liebe zur dramatischen Kunst im Kinderherzen ist nichts geeigneter als eine Aufführung Grimmscher Märchen. In die meisten Lesebücher der Schule sind gleichfalls Grimmsche Märchen aufgenommen worden, so „Hans im Glück, die Bremer Stadtmusikanten, Tischchen deck' dich, die vier kunstreichen Brüder, der Gevatter Tod". Wiewohl nun diese für die Schüler längst gute Bekannte sind, so werden sie doch von

ihnen mit großer Liebe gelesen und nacherzählt, so daß sie
nach der Ansicht vieler Schulmänner bis zum zehnten Lebens=
jahre — und vielleicht auch noch etwas länger — den ge=
eignetsten Lesestoff abgeben. Und wenn uns jetzt Klopstocks
und Schillers Sprache zwar gedankentief aber vielfach schwül=
stig, die Lessings und Wielands zwar geistreich, aber erstere
oft nüchtern, letztere undeutsch erscheint, so zeigt sich vielleicht
darinnen der Grimmschen Märchen und ihrer Nachahmungen
Einfluß auf die Bildung unseres stilistischen Geschmackes. Und
sollte nicht der volkstümliche Ton, den ein Reuter und andere
anschlagen, und das rasche Verständnis im deutschen Leserkreise
für diesen Ton im letzten Grunde auch darauf zurückzuführen
sein? — Indem aber die Brüder Grimm aus den dürftigen
Hütten der unteren Stände die Märchen in die Kinderstuben
der höheren führten, haben sie bewirkt, daß alle Stände des
deutschen Volkes wenigstens während der Kinderjahre die gleiche
geistige Nahrung genießen, und hierdurch ist unstreitig der
schroffe Ständeunterschied gemildert worden.

Auch die Tonkunst hat sich des von den Brüdern
ans Tageslicht gebrachten Stoffes bemächtigt und Schöpfungen
wie Liszts Aschenbrödel geschaffen.

Doch selbst über Deutschlands Grenzen hinaus in andere
germanische Lande reicht der Einfluß der Grimmschen Mär=
chen; schon 1820 erschien von ihnen eine holländische, so=
wie 1823 und 1826 eine englische Übersetzung, und auch
ins Dänische und Schwedische, ja selbst ins Franzö=
sische wurden sie übertragen.

1826 veröffentlichten die Brüder wieder ein gemeinsames
Werk „Irische Elfenmärchen“, eine Übersetzung aus dem
Englischen. Die zum größten Teil von Wilhelm verfaßte
Einleitung, welche namentlich auf die Mythologie Bezug nahm,

4*

war so vorzüglich, daß sie bei der 1828 erfolgenden neuen Ausgabe des englischen Originals ins Englische übertragen wurde.

Keineswegs geschmälert werden die Verdienste der Brüder Grimm um das deutsche Geistesleben dadurch, daß sie über die deutschen Märchen selbst eine nicht ganz richtige Vorstellung hatten. Während sie diese für uralte deutsche Dichtungen hielten, haben neuere Forschungen erwiesen, daß dieselben aus dem Indischen entlehnt und erst seit dem 10. Jahrhunderte bei uns nachzuweisen sind. Allein sind sie auch nicht deutsch geboren, so sind sie doch, ähnlich den Lehnwörtern, deutsch geworden. Wie deutsch erscheint Schneewittchen, Dornröschen, Rotkäppchen, die sieben Raben und andere gegenüber den arabischen Märchen aus „Tausend und einer Nacht". Und wenn die Brüder Grimm in ihnen heidnisch-germanische Mythenreste erblickten, so haben sie unserer Meinung nach nur dem Grade, nicht dem Wesen nach darin geirrt. Die aus Indien eingewanderten Märchen haben so lange neben den erhaltenen deutschen Mythen und Sagen in der umdichtenden Phantasie des deutschen Volkes gelebt, daß manches davon in sie übergehen mußte. Und wenn Dornröschen einerseits durch den über sie und ihre ganze Umgebung kommenden Zauberschlaf Ähnlichkeit mit der Sage von dem verzauberten Kaiser (Karl oder Friedrich) zeigt, andererseits durch die in Zauberschlaf versenkte Jungfrau und durch den Jüngling, der den Zauber löst, mit der Mythe von der Walküre, die vom Schlafdorn geritzt und von einer Feuerflamme umgeben ist, so ist dieses wohl mehr als bloßer Zufall.

VI.

Sagenforschung.

Abhandlungen über die Sage hatten die Brüder Grimm,
wie wir sahen, schon 1808 und 1809 veröffentlicht!
Klarer als beim Märchen hatten die Brüder Grimm
bei der Sage die dem Mythos einzuräumende Stellung erkannt.
Dies zeigt sich in einer gegen Kanne, der dem Mythos zu
viel Platz einräumte, gerichteten Abhandlung Jakobs „Gedanken über Mythos, Epos und Geschichte", die 1813 im
deutschen Museum erschien. Hier spricht Jakob die ganz richtige
Erkenntnis aus, daß die Sage und ihre dichterische Gestaltung,
das Volksepos, eine geschichtliche That nötig haben, an die sich
Mythisches setze, und daß demnach Sage und Volksepos aus
einem geschichtlichen und einem mythischen Teile, die sich
gegenseitig durchbringen, bestehe. In demselben Jahre veröffentlichte Jakob in dem Gothaer allgemeinen Anzeiger einen
Aufsatz unter dem Titel „Auch etwas über die Wiedereinführung der altdeutschen Heldengedichte und besonders der
Nibelungen in den Schulen", während Wilhelm „drei altschottische Lieder in Original und Übersetzung" herausgab.
Von 1813 bis 1816 ließen nun auch die Brüder Grimm
selbst eine germanistische Zeitschrift unter dem Titel „Altdeutsche

Wälder" erscheinen, deren meiste Aufsätze aus ihrer eigenen Feder flossen. In diesen zeigt sich der Unterschied der beiden Brüder. Wilhelm setzt ganz folgerichtig seine deutsche Sagenforschung fort. Er sammelt und verarbeitet die Anspielungen auf die Sage, welche zerstreut das ganze Schrifttum enthält. So trägt er die einzelnen Bausteine zusammen zu seinem späteren mustergiltigen großen Werk „die deutsche Heldensage", dessen Grundstock die in den altdeutschen Wäldern veröffentlichten „Zeugnisse über die deutsche Heldensage" bilden. Schon in einem Briefe vom 17. Juni 1820 werden sie von Lachmann „ein trefflicher Anfang" genannt. Außerdem giebt er noch nicht ans Licht gezogene altdeutsche Texte mit beigefügten Erläuterungen heraus, so „die goldene Schmiede von Konrad von Würzburg". — Jakob entwickelt dagegen eine sehr mannigfaltige Thätigkeit. In der Vorrede zum 1ten Band tritt er sowohl der engherzigen Kritik entgegen, die sich wider den regen Eifer für das deutsche Altertum sträube, als auch den übereilten Versuchen, den alten Gedichten notdürftig eine neue Form zu geben und sich damit sofort ans große Publikum zu wenden. Er hatte klar erkannt, daß erst eine Jahre lange ernste fachwissenschaftliche Arbeit nötig sei, ehe das deutsche Volk einen wirklichen Genuß von seinen alten poetischen Schätzen haben könne, und seine Gestaltungskraft treibt ihn, Hand an diese Arbeit zu legen. Wo er aber zuerst anzufassen hatte, war ihm damals noch nicht klar geworden, und er tastet bald hierhin bald dorthin. So veröffentlicht und erklärt er altdeutsche Texte, handelt über die Gebräuche der Handwerkergesellen, der Jäger und anderer, untersucht die mittelalterlichen lateinischen Dichtungen, verfolgt die Märchen und Sagen durch das westasiatische und europäische Schrifttum, stellt grammatische und metrische Untersuchungen an, befaßt sich mit

den Nibelungen und wendet auch altdeutschen Personen- und
Ortsnamen seine Aufmerksamkeit zu.

Das zweite Werk, dessen Plan die Brüder Grimm bei
Beginn ihrer schriftstellerischen Thätigkeit entwarfen, ließen
sie erst in den Jahren 1816 und 1818 im Druck erscheinen:
„Deutsche Sagen".

„Das Geschäft des Sammelns, sobald es einer ernstlich
thun will, verlohnt sich bald der Mühe, und das Finden
reicht doch noch am nächsten an jene unschuldige Lust der
Kindheit, wann sie in Moos und Gebüsch ein brütendes Vöglein
auf seinem Nest überrascht; es ist auch hier bei den Sagen
ein leises Aufheben der Blätter und behutsames Wegbiegen der
Zweige, um das Volk nicht zu stören und um verstohlen in
die seltsam, aber bescheiden in sich geschmiegte, nach Laub,
Wiesengras und frischgefallenem Regen riechende Natur blicken
zu können." — Mit diesen herrlichen Worten leiteten die
Brüder Grimm dieses Werk ein. Wiewohl sie in ihm alle
Sagen, die uns in eigenen Gedichten überliefert worden sind,
sowie die Heiligenlegenden grundsätzlich ausgeschlossen hatten,
so enthält doch ihre Sammlung beinahe 600 Nummern,
von denen aber die meisten dem älteren Schrifttum und nur
wenige der mündlichen Überlieferung entlehnt sind. Im 1ten
Bande, der die an bestimmte Orte geknüpften Sagen bringt,
wird uns von Riesen und Zwergen, von Frau Holle und dem
getreuen Eckart, von Nixen, Kobolden, Alraunen, Korndämonen,
Hausgeistern und Gespenstern, von verzauberten Kaisern und
Ahnfrauen, von versunkenen Schätzen und Schlössern, von
weissagenden Brunnen, von Teufelsfelsen und -mauern, von
den Fußspuren Jesu oder des Teufels erzählt. Der 2te Band
führt uns die geschichtlichen Sagen der deutschen Stämme von
den ältesten Zeiten bis auf Luther vor, wie die der Goten,

der Longobarden und Franken, die Sage von der grausigen
Seefahrt der letzten Usipier, ferner Sagen von Karl dem
Großen, von Albertus Magnus, vom Brennenberger und vom
Möringer, von Weinsberg, vom Rütli, von der Wartburg
und von Nimwegen. Gleich den Märchen sind die Sagen in
schlichtem, volkstümlichem Tone erzählt. Daneben finden sich
aber auch Schilderungen von dem Volksglauben, den Sitten
und den mythischen und halbmythischen Wesen der Sage.
Mitunter werden sogar verschiedene Gestaltungen einundder-
selben Sage vorgeführt. Alles dies gab der Sammlung einen
etwas gelehrten Anstrich, so daß sie sich nicht einen so großen
Leserkreis wie die Märchen erringen konnte; doch wurde sie
1824 von Lindencrone ins Dänische übertragen, sowie von
l' Héritier ins Französische und nach dem Tode der Brüder
Grimm 1865 und 1892 neu aufgelegt. Auch in die Jugend-
schriften und Schulbücher ist manches davon übergangen, wie
die Sage von der Roßtrappe und die vom verzauberten Kaiser.

1829 erschien Wilhelms Hauptwerk, die deutsche
Heldensage, welche 1867 von Müllenhoff neu aufgelegt
wurde. Hierin brachte jener seine und seines Bruders früheren
Arbeiten über Sage zum klassischen Abschluß.

Mit großem Fleiße sind in diesem Buche aus 172 teils
prosaischen teils poetischen, dem 6.. bis zum 16. Jahrhundert
angehörigen Werken Belege für das Vorhandensein und die
Entwicklung der deutschen Heldensage zusammengetragen, sowie
mit freiem Sinne geordnet und in einer beigegebenen Abhandlung ihr Ursprung und ihre Fortbildung dargestellt. Siegfried,
Dietrich, Ermanrich, Etzel und ihre Helden werden uns vorgeführt. Die Neigung der Sage zu geschichtlicher und geogra-
phischer Anlehnung, die Verschmelzung verschiedener Sagen
und deren Erweiterung, sowie die Wirkung der veränderten

Sitten der Sänger auf die Umgestaltung der Sage wird uns gezeigt. Auch werden der poetische Wert der verschiedenen Darstellungen der Sage, sowie ihr Verhältnis zur Bildung der Zeit geprüft und ihre übernatürlichen Bestandteile bestimmt. In folgenden Worten spricht Wilhelm Grimm das Hauptergebnis seiner Untersuchung aus: „Ruhend und in eine feste Form gebunden dürfen wir uns das Epos zu keiner Zeit denken. Vielmehr herrscht in ihm der Trieb zur Bewegung und Umgestaltung, ja ohne ihn würde es absterben, wenigstens die Kraft lebendiger Einwirkung verlieren. Hier erprobt sich die Fähigkeit zur Poesie, und ein unfreies, verarmtes Gefühl wird jedesmal eine Verschlechterung des Epos bewirken. Echte Fortbildung geht niemals aus Laune und Willkür, immer aus innerer Notwendigkeit hervor. Eins der bedeutendsten Mittel dabei ist ohne Zweifel die in verschiedenen Erscheinungen beobachtete Verknüpfung einzelner Sagen."

Selbst Scherer, dessen Ansichten über Sage und Epos vielfach von denen der Brüder Grimm und wohl zum Teil nicht immer mit Unrecht abweichen, nennt dieses „berühmte Buch" „eine Geschichte der Sage" und „des deutschen Volksepos"[4]. — Und dem bleibenden wissenschaftlichen Werte dieser Schrift ist dadurch kein Abbruch gethan worden, daß neuere Forschungen einzelne Irrtümer berichtigt haben. Trotzdem ist sie noch jetzt für die deutsche Sagenforschung das, was Jakobs Grammatik für die Sprachforschung und seine Rechtsaltertümer für die altdeutsche Rechtskunde sind. Doch gleich den Märchen ist sie auch für das Geistesleben des gesamten deutschen Volkes von unschätzbarem Einflusse geworden. Somit ist Wilhelm Grimm auch der erste, der in der Nibelungenforschung einen festen, unzerstörbaren Grund gelegt hat.

Nicht bloß durch ihre Märchensammlungen, auch durch

ihre Arbeiten und Sammlungen auf dem Gebiete der Sage
haben sich die Brüder Grimm große und bleibende päda=
gogische Verdienste erworben. Wie die Märchen für das Kind,
so sind unstreitig die Sagen für den zum Jüngling heran=
reifenden Knaben die gesundeste und kräftigste Geistesnahrung.
Begeisterung für des deutschen Volkes große Vergangenheit,
innige Liebe zum deutschen Lande und Wesen, heldenmütig zu
Kampf und Tod für des Vaterlandes Ehre bereite Gesinnung,
was könnte alles dieses ihm im stärkeren Maße einflößen, als
die Sage, die ideale Verklärung der Geschichte! Nun ist zwar
Wilhelm Grimms deutsche Heldensage nicht zur Jugendlektüre
geeignet; doch auf Grund dieses klassischen Werkes sind die
deutschen Heldensagen vielfach für die deutsche Jugend bear=
beitet, und der hörnene Siegfried, die Nibelungen, Gudrun,
Lohengrin u. a. in zahlreiche Schullesebücher aufgenommen
worden, wie auch kein Streit mehr ist, ob das Nibelungenlied
in unsere höheren Schulen gehöre, und auch der, ob im Original
oder in der Übersetzung, hoffentlich bald in ersterem Sinne
entschieden werden wird.

Als Frucht seines Forschertriebes besonders während des
Kasseler Aufenthaltes im Jahre 1838 erschien von Jakob
Grimm und von Schmeller eine Ausgabe lateinischer
Gedichte des 10. und 11. Jahrhunderts. Sind auch
diese während des Mittelalters in Deutschland entstandenen
Dichtungen in lateinischer Sprache abgefaßt, so ist doch meist
ihr Inhalt kerndeutsch. Manche davon gehören der Tier=
sage, andere der deutschen Heldensage an; von diesen ist
Walther und Hildegunde, das in Attilas des Hunnenkönigs
Zeiten spielt, das bedeutendste Epos. Hierzu gab Jakob
Grimm treffliche Erläuterungen; seitdem ist es bekannter ge=
worden, und jetzt enthalten auch unsere deutschen Schullese=
bücher Auszüge daraus.

Schon unter dem Einflusse der Romantiker hatte sich das Drama der altdeutschen Heldensage zugewandt. So schrieb bereits de la Motte Fouqué mit Zugrundelegung der nordischen Nibelungensage eine Trilogie „der Held des Nordens". Ein Reihe von Dichtern behandelte die deutsche Gestalt dieser Sage dramatisch, so Hermann 1819, J. W. Müller 1822, K. F. Eichhorn 1824, Zarnak 1826, Raupach 1828, Kopisch 1830, Wurm 1839. Wie weit diese von den Brüdern Grimm beeinflußt sind, mag dahingestellt bleiben; in hohem Grade ist es aber der Mann, dessen Schöpfungen auf dem Gebiete der dramatischen Ton= und Dichtkunst eine gewaltige Bewegung der Geister hervorriefen, die ihn teils als bahnbrechendes Genie bejubelten, teils als Verletzer aller künstlerischen Gesetze verdammten: Richard Wagner, über dessen Größe erst die Nachwelt das richtige Urteil zu fällen haben wird, von dem jedoch wohl schon jetzt feststeht, daß er Gewaltiges gewagt hat und die dramatische Tonkunst zu einer nationaldeutschen gestalten wollte. Wie sehr dieser durch die Sagenforschungen der Brüder Grimm angeregt und bei der Dichtung seiner Werke beeinflußt wurde, lassen seine „Mitteilungen an meine Freunde"⁶) klar erkennen. In diesen deutet er an, daß er durch sein Lieblingsstudium des Altdeutschen zu der urheimatlichen Sagenquelle geführt worden sei, sagt, daß er den „Lohengrin= mythos in seinen einfachen Zügen, wie er aus den läuternden Forschungen der Sagenkunde hervorgegangen" zu Grunde gelegt habe und dabei „mit noch größerer Treue als beim Tannhäuser in der Darstellung der historisch sagenhaften Momente verfahren sei", sowie daß ihm nach seiner Rückkehr aus Paris 1842 durch das Studium des Altdeutschen hindurch „die herrliche Gestalt Siegfrieds, von aller späteren Umkleidung befreit" aus dem Boden des alten urdeutschen Mythos entgegen getreten sei. „Erst jetzt auch," fährt er fort, „erkannte ich die Möglichkeit, ihn zum Helden eines Dramas zu machen, was mir nie eingefallen wäre, so lange ich ihn nur aus dem mittelalterlichen Nibelungenliede kannte." — Wie sehr der Brüder Grimm Feststellungen über die Urgestalt der Nibe= lungensage auf Wagners Nibelungen eingewirkt haben, erkennt jeder, der den Inhalt letzterer mit Wilhelm Grimms Unter= suchungen vergleicht. Auch läßt R. Wagners Sprache den Einfluß Jakob Grimms nicht verkennen. Auch Friedrich Hebbel hat eine dramatische Trilogie „die Nibelungen" gedichtet, wäh= rend Emanuel Geibel ein Drama „Brunhilde" schuf und Wilhelm Jordan in einem Epos den kühnen Versuch machte, die alte Sage in ihrer ursprünglichen Vollständigkeit und Reinheit, das ist in der von den Brüdern Grimm durch Ver= gleichung mit der deutschen klargelegten nordischen Gestalt, lebendig wiederzuerzählen. So haben denn die Brüder Grimm durch ihre Sagenforschung auf Oper, Drama und Epos einen unleugbaren Einfluß ausgeübt und sich so mitbeteiligt an der großen Erziehungsaufgabe unseres Jahrhunderts, das deutsche Volk wieder echt deutsch fühlen und denken zu lehren.

VII

Die Brüder Grimm und die deutschen Fürsten.

Nach den Stürmen des Befreiungskrieges sollte für die Brüder Grimm, wie Jakob selbst sagt, „die ruhigste, arbeitsamste und vielleicht auch die fruchtbarste Zeit" ihres Lebens kommen. Wohl hatte sich Jakob zu dem ihm innerlich verwandten edlen und schlichten Freiherrn von Stein hingezogen gefühlt, doch die Diplomaten gewöhnlichen Schlages und die diplomatischen Geschäfte waren ihm immer unliebsamer geworden; herzlich sehnte er sich nach seiner frühern stillen Gelehrtenthätigkeit zurück und schlug die ihm angebotene Stelle als Gesandtschaftssekretär am Bundestage zu Frankfurt aus. Durch die uneigennützige Liebe seines Bruders sollte sich bald sein Wunsch erfüllen. Infolge Todesfalles wurde die zweite Bibliothekarstelle an der öffentlichen Bibliothek zu Kassel erledigt. Auf sie hatte Wilhelm als Sekretär die nächste Anwartschaft, und dieser sagt selbst: „Nach Striebers Tode würde ich vorgerückt sein, aber mehr wert als eine Beförderung war mir die Hoffnung, daß mein Bruder — — die Stelle erhalten könnte." — So wurde denn infolge seiner eigenen Bemühungen nicht er, sondern sein Bruder Jakob

am 16. April 1816 zum zweiten Bibliothekar mit 600 Reichs=
thalern Gehalt ernannt. Wilhelm fährt fort:

„Wir waren bisher nie getrennt gewesen und entschlossen,
so lange es in unsern Kräften stehe, beisammen zu bleiben,
aber ein solches gemeinschaftliches Amt erfüllte unsern liebsten
Wunsch. — — Dankbar haben wir die glückliche Zeit ge=
nossen, wo wir eine willkommene und belehrende Beschäftigung
in dem pünktlich verwalteten Amte fanden, daneben Muße
zum Studieren und zur Ausführung mancher litterärischen
Pläne. Wir dachten nicht, daß wir je diese Stellung auf=
geben würden, und Anträge, dieses zu thun, selbst solche, die
uns nicht getrennt haben würden, wie viel glänzender auch
die äußere Lage dabei gewesen wäre, haben wir ohne langes
Bedenken abgelehnt. Wir haben sie auch niemals benutzt,
um eine Gunstbezeugung außer der gewöhnlichen Ordnung zu
veranlassen, und hegten keine andere Hoffnung, als daß wir
einmal in beide Bibliothekarstellen mit dem damit bisher ver=
bunden, mäßigen Gehalte eintreten würden." —

Noch in demselben Jahre bekamen sie durch den Kammer=
gerichtsrat von Eichhorn einen Ruf als Professoren nach Bonn;
allein sie lehnten ihn ab aus Liebe zu ihrem hessischen Hei=
matslande und aus Furcht, durch eine Professur mehr von
ihrer Forscherarbeit abgelenkt zu werden, als durch ihr
Amt an der Bibliothek, wiewohl dieses täglich mindestens drei
Stunden beanspruchte.

Die wissenschaftliche Thätigkeit der Brüder Grimm wäh=
rend dieses Lebensabschnittes steht mehrfach im scharfen Gegen=
satze zu der des vorhergehenden. Während sie in jenem enge
Fühlung mit den Romantikern hielten, vollzieht sich jetzt der
durch eine scharfe Rezension der altdeutschen Wälder von
seiten W. Schlegels eingeleitete Bruch mit diesen vollständig,
und bald bildet sich um Jakob Grimm als Mittelpunkt

ein kleiner Kreis von Männern, die gleich ihm die germa=
nistischen Forschungen fachwissenschaftlich betreiben. Während
ferner früher die hauptsächlichsten Werke der Brüder Grimm
von ihnen gemeinsam verfaßt wurden, tritt jetzt, wie es
ja streng fachwissenschaftliche Forschung mit sich bringt,
Arbeitsteilung ein. Wilhelm baut das Gebiet der Sage
und Dichtung weiter aus, Jakob macht die deutsche Sprache
und das deutsche Recht zum Hauptgegenstande seiner Unter=
suchungen. Nur dann und wann vereinigen sich die Brüder
wieder zu gemeinsamem Schaffen. Ihr damaliges Verhältnis
bezeichnet Jakob in einem Briefe von 1827 folgendermaßen:
„In meinen Arbeiten habe ich wenig Hilfe von ihm, weil ich
hitziger bin und ihm vorauslaufe, aber er steht mir wie ein
heimlicher, stärkender Hintergrund bei, den ich nicht entbehren
will.“

Wilhelm veröffentlichte im Anschluß an seine Sagen=
forschungen im Hermes 1820 einen Aufsatz „die altnordische
Litteratur in der gegenwärtigen Periode“. — „Über deutsche
Runen“ handelte ein anderer 1821 in Göttingen erschienener.
„Zu der Schrift über deutsche Runen“, schreibt er 1830 selbst,
„veranlaßte mich ein Fund in einem alten Grabhügel, der
an sich sehr zweifelhaft war und in dem Buche selbst als eine
geringe Nebensache erscheint.“

Auf kurze Zeit wurden die gelehrten Forschungen der Brüder
durch ein fröhliches Familienfest unterbrochen. Wilhelm
vermählte sich am 15. Mai 1825 mit Henriette Dorothee
Wild. Diese Ehe war eine äußerst glückliche, wie die schlichten
Worte Wilhelms bezeugen: „Und habe niemals aufgehört,
Gott für das Glück und Segensreiche der Ehe dankbar zu
sein.“ — Ihr entsproß schon 1826 ein Sohn, der aber noch in
demselben Jahr starb. Der zweite 1828 geborene und Hermann

Friedrich getaufte hat später als Schriftsteller sich Ruhm er=
worben, während der dritte, Rudolf Georg genannt, 1830 in
Göttingen das Licht der Welt erblickte. Eine Tochter erhielt
den Namen Auguste. — In dem gegenseitigen Verhältnis der
beiden Brüder wurde durch Wilhelms Verheiratung nichts
geändert; nach wie vor blieben sie bei einander wohnen und
bestritten die Kosten des Haushaltes von ihren gemeinsamen
Einkünften; die Kinder Wilhelms aber liebten und verehrten
Jakob, der zeitlebens ledig blieb, nicht wie ihren Oheim, son=
dern wie ihren zweiten Vater.

1828 veröffentlichte Wilhelm in den Wiener Jahrbüchern
und als Sonderabdruck: „Zur Litteratur der Runen. Nebst
Mitteilung runischer Alphabete und gotischer Fragmente aus
Handschriften", worin seine Forschungen über die Runen von
1821 weitergeführt waren.

In demselben Jahre gab er auch das mittelhochdeutsche
Gedicht Grave Rudolf heraus, das 1844 eine zweite Auflage
erlebte. 1829 folgten im Archiv für Geschichte Westfalens
und als Sonderabdruck die „Bruchstücke aus einem Gedichte
(des 12. Jahrhunderts) von Affunbin". Über seine wissen=
schaftliche Thätigkeit während der 20er Jahre äußert sich
Wilhelm 1830 selbst in folgender Weise: „Ich erwähne hier
die altdeutsche Litteratur gewiß nicht, um Gelegenheit zu haben,
eine Rezension meiner Schriften zu liefern, — — Studien
und Richtung derselben haben wir in der Gewalt, und dabei
sollen wir nach einem bestimmten Plane verfahren; die all=
gemeinere und breitere Anlage pflegt sich in der Folge zu=
sammen zu ziehen und der Umkreis durch Beschränkung mehr
Festigkeit und Sicherheit zu erlangen. — — Dagegen ist die
Ausarbeitung der Bücher selbst bei mir mehrmals von einem
bloßen Zufall abhängig gewesen. — — Ich bin schon längere

Zeit mit einer Ausgabe von Freidanks Sprüchen beschäftigt; schnell können Arbeiten dieser Art nicht zu stande kommen, weil die Handschriften, deren Wert erst auszumitteln ist, nicht so schnell anlangen, als man wünscht oder Versprechungen hoffen lassen. In der Zwischenzeit sorgte ich für die Herausgabe des Grafen Rudolf, wovon die Fragmente in meine Hände kamen, und als diese Arbeit beendigt war, bemerkte ich, daß meine fortgeführte Sammlung für die deutsche Heldensage zu stark herangewachsen war, als daß ich sie länger ohne Ausarbeitung übersehen könnte. Ich entschloß mich also dazu, aber sie kostete mehr als die dafür bestimmte Zeit, und die Untersuchung selbst führte mich weiter, als ich anfänglich geglaubt hatte. Zwar kehrte ich wieder zu der früheren Aufgabe zurück, denn eine gewisse zähe Anhänglichkeit an einen einmal gefaßten Plan ist an mir, ich weiß nicht ob zu rühmen oder zu tadeln; aber nun kam die neue Ausgabe des Liedes von Hildebrand dazwischen, veranlaßt durch den bevorstehenden Abschied von Kassel. — —

Ob ich jetzt ohne Störung den Freidank beendigen kann, der doch nur von geringem Umfange ist, wird sich zeigen, bei der Mehrung meiner Berufsgeschäfte rückt er doch nicht so schnell, als ich wünsche, fort.

Doch die Arbeit selbst ist es ja, worin die eigentliche Freude liegt, wenigstens nach meinem Gefühle. Sie wächst in dem Grade, in welchem jene sich ihrem Ende nähert, aber das fertige Werk lege ich gerne weg, und mich reizt nur der Gedanke, die Aufgabe das nächste Mal besser zu lösen."

Wie bescheidene Hoffnungen die Brüder Grimm hinsichtlich ihrer Bibliothekarlaufbahn auch gehegt hatten, sie wurden doch bitter enttäuscht.

Nach Völkels, des ersten Bibliothekars, 1829 erfolgtem

Tode rückte nicht Jakob Grimm, der auch als zweiter Bibliothekar den Nekrolog Völkels in der Kasselschen allgemeinen Zeitung geschrieben hatte, in die erledigte Stelle ein; sondern die Bibliothek wurde dem Staatsarchivdirektor Rommel mit unterstellt, während den Brüdern Grimm unter Verleihung einer Zulage von 100 Reichsthalern ihre alten Ämter belassen wurden. Hierdurch fühlten sich diese mit Fug und Recht gekränkt; außerdem war ihnen nun alle Aussicht auf künftige Beförderung und einen auskömmlichen Gehalt abgeschnitten. Nun hatte Jakob aber schon im Sommer von Göttingen aus einen Ruf als ordentlicher Professor und Bibliothekar mit angemessenem Gehalte erhalten, während Wilhelm die Stelle eines Unterbibliothekars angeboten worden war. „In dieser Stimmung," wie Jakob selbst sagt, folgten jetzt beide „dem Gefühle der Ehre und entschieden" sich „für die unbedingte Annahme des Gebotenen." Auf ihr eingereichtes Entlassungs= gesuch äußerte der Kurfürst von Hessen, der keinen Sinn für das Mittelalter und die wissenschaftlichen Forschungen der Brüder Grimm hatte: „Die Herren Grimms gehen weg! Großer Verlust! Sie haben nie etwas für mich gethan;" — und bewilligte ihnen die „flachen Abschiede". Doch bald wurde er durch die Gräfin Reichenbach umgestimmt und machte ihnen dreimal sehr günstige Anerbietungen. Wie schwer ihnen aber auch der Abschied von ihrem hessischen Heimatslande und ihrer geliebten Kasseler Bibliothek wurde, so lehnten sie die= selben ab, da sie ihr der hannöverischen Regierung soeben gegebenes Wort nicht brechen wollten. So verließen sie den 2. November 1829 Kassel.

In Göttingen traten die Brüder Grimm Neujahr 1830 ihre Stellen an. Diese äußere Wendung ihres Lebens ward hauptsächlich dadurch zu einer inneren, daß sie den Beginn ihrer akademischen Lehrthätigkeit zur Folge hatte. Allerdings war zunächst nur Jakob als ordentlicher Professor berufen worden, aber schon 1831 wurde auch Wilhelm zum außerordentlichen Professor ernannt. Im übrigen unterscheidet sich ihre Thätigkeit während dieses Lebensabschnittes nicht sehr von der im vorhergehenden. Auch jetzt sind beider Arbeitsgebiete getrennt; Jakob setzt vor allem seine grammatischen Forschungen fort, wendet sich jedoch auch der Sage und Mythologie wieder zu; Wilhelm ist hauptsächlich mit Veröffentlichung von mittelhochdeutschen Gedichten beschäftigt.

In dem Einladungsprogramm zu seiner Antrittsrede veröffentlichte Jakob eine althochdeutsche Interlinearversion lateinischer Kirchenhymnen, während er seiner damaligen Stimmung folgend seine Antrittsvorlesung selbst über das Heimweh (de desiderio patriae) hielt. In dieser wie auch im Programm bediente er sich der damaligen Sitte gemäß der lateinischen Sprache; ihrem Inhalte nach ist sie echt deutsch. Vor allem stellt er die Vaterlandsliebe als ein so heiliges und jedem menschlichen Herzen so tief eingeprägtes Gefühl hin, daß sie Leiden, die uns im Heimatslande treffen, nicht schwächen, sondern nur steigern können. Von der engeren Heimat, „wo wir die mahnenden Stimmen vernehmen, die aus den Grabhügeln unserer Eltern zu uns dringen", geht er zum großen deutschen Vaterlande über und hebt unter den Gründen, welche die Liebe zum Vaterlande wach erhalten, vor allem die Sprache hervor, wobei er zeigt, wie ihre allmähliche Einigung in Deutschland auch von Einfluß auf die Erstarkung der Vaterlandsliebe gewesen sei. „Nichts aber," sagt er. „läßt uns so einleuchtend das unauflösliche Verhältnis zu unserem Vaterlande und das geistige Band, das uns mit ihm verknüpft, in so hellem Lichte erscheinen, als das gemeinsame Band der

5*

Muttersprache. — — — Dennoch verweile ich bei diesem
Punkte um so lieber, weil ich mir dessen bewußt bin, daß er
mit der Arbeit meines ganzen Lebens auf das engste zusammen=
hängt. Meine Überzeugung — — ist die: weder kann ein
Volk, das seine Muttersprache vernachlässigt, in Wahrheit ein
in Blüte stehendes sein, noch auch kann ein Volk, das seine
Freiheit verloren hat, seine Muttersprache in kräftiger Bildung
entfalten; denn die Teilung der Muttersprache in mehrere
Mundarten oder vielmehr die Verschmelzung verschiedener
Mundarten in diese, hängt mit der Geschichte der verschiedenen
Völker durch ein inniges und gleichsam sichtbares Band auf
das engste zusammen. Ich kann auch hierin die hohe Vor=
sehung der göttlichen Weisheit nicht genugsam bewundern.
Wir sehen nämlich ursprünglich die Menge der Völker sich
überall mit einer Fülle von zahllosen Mundarten ausbreiten,
die fast über den Erdkreis zerstreut sind, und diese sind durch=
aus nicht roh und formlos, sondern vielmehr ausgezeichnet
durch mannigfaltige vortreffliche Eigenschaften ihrer ursprüng=
lichen Schöpferkraft."

Jetzt würde wohl kaum ein neu ernannter Professor in
seiner Antrittsrede über das Heimweh sprechen. Jakob Grimm
that es, und wie echt deutsch erscheint uns dadurch dieser
gewaltige Mann, dessen kindliches Herz sich nach den Bergen
und Thälern der Heimat sehnt! Sehr mögen beide Brüder
an dem Heimweh gelitten haben. Wohl fanden sie in der
neuen Heimstätte schon einen Freund, den Germanisten
Benecke, vor, wohl wurden sie auch bald mit den Professoren
Dahlmann, Otfried Müller, Lücke und Gervinus
befreundet, aber die Gegend, welche an Naturreizen so be=
deutend ärmer als die Kasseler ist, gefiel ihnen nicht, und auch
die Göttinger Lebensart wollte ihnen „nicht recht schmecken",

wie sich im Februar 1830 Jakob äußert. Dem gekränkten
Ehrgefühle war es allein möglich gewesen, ihre Heimatsliebe
zu überwinden und sie zum Scheiden aus dem Heimatslande
zu bestimmen. Jetzt, nachdem dieses geschehen war, wurde
selbst jenes manchmal durch das Heimweh überwogen, so daß
Jakob einige Monate nach ihrem Weggange von Kassel den=
selben „einen dummen Streich" nannte, und sogar einige Jahre
später schreibt er einmal: „Es sieht mich hier fremd an aus
allen Gassen, und ich möchte manchmal auf und davon." —
Wie groß erscheinen nns bei dieser Schicksalswendung die
Brüder Grimm! Lächerliche Gelehrteneitelkeit, die im Professoren=
titel ihr höchstes Glück sieht, waren ihnen fremd; aber Liebe
zur Heimat und Liebe zur Ehre, diese gewaltigen Triebfedern
eines wahrhaft deutschen Mannes kämpften lange einen heftigen
Kampf in ihrem Herzen.

Auch ihre amtliche Thätigkeit in Göttingen behagte ihnen
anfänglich nicht. „In Kassel war," klagt Jakob Februar 1830,
„vom Kurfürsten abgesehn alles für unsere Natur und Ar=
beiten günstiger." Sechs Stunden hatten sie täglich mit
Bücherausleihen, Katalogschreiben und dergleichen Arbeit auf
der Bibliothek zu thun. Auch seine akademische Lehrthätigkeit
machte Jakob zunächst keine Freude. „Das Auftreten zu
bestimmter Stunde auf dem Katheder," schreibt er in einem
Briefe, „hat etwas Theatralisches und ist mir zuwider." Und
doch las er über Gegenstände, die ihm sehr am Herzen lagen,
über deutsche Sprache, Rechtsaltertümer und Litteraturgeschichte.
Auch glaubte er, bei seinen Hörern gerade gegen das, was er
selbst erforscht hatte, eine gewisse Gleichgiltigkeit zu bemerken;
sie aber, die den schönen bilderreichen Stil seiner Schriften
kannten, wurden durch seinen manchmal hastigen oder auch
ruckweisen Vortrag trotz der vielen thatsächlichen Angaben ent=
täuscht.

Im Winter desselben Jahres warf eine heftige Lungen=
entzündung Wilhelm auf das Krankenbett und fesselte ihn
an dasselbe bis Anfang 1831. Sein Leben war gefährdet.
Rührend ist es, wie Jakob für den geliebten Bruder bangt,
wie alle seine Gedanken nur bei ihm sind, wie ihn die bittere
Sorge plötzlich im Kolleg während des Vortrages innehalten
läßt, und er sich mit den schlichten und doch so ergreifen=
den Worten entschuldigt: „Mein Bruder ist so krank." —
Wilhelm aber genas, wenn er auch lange noch schwermütig
blieb und Arbeitslust ihm mangelte.

1831 erschienen in Justis „Grundlage zu einer hessischen
Gelehrten=, Schriftsteller= und Künstlergeschichte" die Selbst=
biographien der beiden Brüder Grimm, aus welchen Schriften
wir wiederholt entlehnt haben.

1832 kamen für die Brüder Grimm wieder heitere Tage.
Jakob ward von der bibliothekarischen Thätigkeit ganz ent=
bunden, und seine akademische erwies sich jetzt eher fördernd
als hemmend für seine schriftstellerische; auch gelang es ihm,
eine kleine Anzahl von strebsamen Schülern heranzubilden,
worin ja doch eines jeden Lehrers höchste natürliche Be=
friedigung beruht. Mit den befreundeten Amtsgenossen ver=
lebten die Brüder oft fröhliche, ja sogar ausgelassene Stunden,
in denen Jakob derb komische Gedichte und Wilhelm Hampel=
manniaden vortrug.

Die Größe der Brüder Grimm beruht zum Teil darin,
daß sie von der Liebe zur Wahrheit und zum Recht geleitet
ihrer Natur gemäß Großes thun, ohne selbst während des
Vollbringens. dessen wahre Größe zu erkennen. Dies zeigt
sich recht deutlich bei der That, die sie zu politischen Märtyrern
machte. Hannover hatte 1833 eine Verfassung bekommen,
auf welche die Brüder Grimm, wie alle Professoren, den Eid

der Treue geleistet hatten. Als nun aber Ernst August 1837 den Thron bestieg, hob er nach Auflösung der Kammern am 1. November die Verfassung auf, indem er alle Staatsdiener des darauf geleisteten Eides entband. Um mit den Ständen eine neue Verfassung zu vereinbaren, sollten Wahlen ausgeschrieben werden, wobei auch die Universität einen Abgeordneten zu wählen hatte. Da reichten am 17. November Dahlmann, Jakob und Wilhelm Grimm, Gervinus, Albrecht, Ewald und Weber einen Protest an das Universitätskuratorium ein, worin sie erklärten, sie hielten sich durch ihren Eid fortdauernd auf die Verfassung von 1833 verpflichtet, nur auf Grund dieser könnten sie sich an der Wahl eines Deputierten beteiligen und würden jede auf anderen Grundlagen gewählte Ständeversammlung nicht als rechtmäßig anerkennen. Diese Protestation ward durch Abschriften und Zeitungen verbreitet. Da erschienen am 11. und 12. Dezember 1837 zwei königliche Reskripte; das eine entsetzte die sieben protestierenden Professoren ihrer Ämter, das andere verordnete, daß Dahlmann, Jakob Grimm und Gervinus wegen Verbreitung der Protestation bis zum 17. Dezember das Königreich Hannover zu verlassen hätten, und zwar wies sie ein Paß über Witzenhausen nach Kassel. So mußte aus einem deutschen Staate der Mann wie ein Verbrecher flüchten, welcher schon so unendlich viel gethan hatte, dem deutschen Volke wieder Achtung vor seiner Sprache, seinem Schrifttum und seinem Rechte einzuflößen. Und weshalb? Weil er die Achtung vor Recht und Gesetz durch die That bekundet hatte.

Auf hannöverschem Boden hatte die Regierung jede der Handlungsweise der Göttinger Sieben zustimmende Kundgebung zu verhindern gewußt; allein schon beim ersten Grenzdorfe Witzenhausen wurden die drei Verbannten von anderen

Göttinger Professoren und von Studenten begrüßt. Letztere spannten sogar die Pferde aus und zogen die Wagen über die Werrabrücke. Und diese Ehrenbezeichnung der Studenten fand einen Wiederhall in allen Gauen Deutschlands, aus denen zahllose Briefe und Adressen einliefen. Anastasius Grün richtete „an Jakob Grimm" ein Gedicht, in dem er seine mannhafte Handlungsweise pries. Von Leipzig aus erfolgte die Gründung eines Göttingervereins, der zum Zweck hatte, die Sieben vor materieller Not zu schützen, und der junge Rostocker Professor Beseler verteidigte in einer Schrift unerschrocken die freimütige Handlungsweise der ersten Gelehrten Deutschlands. Rührend sind folgende Kundgebungen aus dem Volke: Als Jakob Grimm den 17. Dezember wieder Hessen, sein Heimatsland, betrat, rief eine Großmutter ihrem Enkelchen zu: „Gieb dem Herrn eine Hand, er ist ein Flüchtling!" Der reformierte Göttinger Kantor, welcher Wilhelms Sohn Rudolf unterrichtet hatte, brachte das ihm übersandte Schulgeld zurück und beteuerte, es sei ihm unmöglich, dasselbe zu nehmen, und als ihm darauf Wilhelm Grimms Frau die Hand reichte und sagte: „Es ist doch schön, Herr Kantor, daß Sie uns treu bleiben," entgegnete er in ernstem Tone: „Frau Professorin, treu bis in den Tod!"

Jakob Grimm aber schrieb den 28. Februar 1838 an seinen Leidensgenossen Dahlmann: „Wenn Gott die Gefahren und Nöte dieser Zeit gnädig vorbeigehn läßt, wird sie keine unglückliche heißen dürfen, so viel Erhebung, Trost und Freundschaft ist uns in ihr geworden, daß die wohlthätigste Erinnerung daran durch unser ganzes Leben dauern wird." — Ganz ähnlich äußerte sich auch Wilhelm am 30. März 1838 (Freundesbriefe S. 151).

Sofort nach seiner Ausweisung begab sich Jakob Grimm
nach Kassel zu seinem Bruder Ludwig, der Professor an der
Kunstakademie geworden war und das ehemals von den beiden
ältesten Brüdern bewohnte Haus angekauft hatte. — Wil=
helm, der ja nicht mit ausgewiesen worden war, zog mit
seiner Familie hierher erst Oktober 1838. Bis März 1841
währte dieser Kasseler Aufenthalt. Schon vor der Ankunft
Wilhelms vom 12. bis 16. Januar 1838 verfaßte Jakob
eine Rechtfertigungsschrift über seine Entlassung, die er in
Basel drucken lassen mußte. Sie beginnt: „Der Wetterstrahl,
von dem mein stilles Haus getroffen wurde, bewegt die Herzen
in weiten Kreisen. Ist es bloß menschliches Mitgefühl, oder
hat sich der Schlag elektrisch fortverbreitet, und ist es zugleich
Furcht, daß ein eigener Besitz gefährdet werde? Nicht der
Arm der Gerechtigkeit, die Gewalt nötigte mich, ein Land zu
räumen, in das man mich berufen, wo ich acht Jahre in
treuem, ehrenvollem Dienste zugebracht hatte.“ — Dann tadelt
er schonungslos des Königs Handlungsweise und der schwach=
mütigen Kollegen Verhalten. Interessant ist, daß er den ge=
thanen Schritt nicht als einen politischen aufgefaßt wissen will,
sondern lediglich als einen durch die Heiligkeit des Eides ver=
anlaßten. „Die Geschichte,“ äußert er sich, „zeigt uns edle
und freie Männer, welche es wagten, vor dem Angesicht der
Könige die volle Wahrheit zu sagen; das Befugtsein gehört
denen, die den Mut dazu haben. Oft hat ihr Bekenntnis ge=
fruchtet, zuweilen hat es sie verderbt, nicht ihren Namen.
Auch die Poesie, der Geschichte Widerschein, unterläßt es nicht,
Handlungen der Fürsten nach der Gerechtigkeit zu wägen.
Solche Beispiele lösen dem Unterthanen seine Zunge, da wo
die Not drängt, und trösten über jeden Ausgang.“ — Er
betont ausdrücklich, daß er keiner Partei angehöre, auch der

der Liberalen nicht, denen er vorwirft: „Berggipfel möchten
sie ebnen, stolze Wälder ausrotten, ihren Pflug in blumen=
reiche Wiesengründe die Furche des Ackers reißen lassen; ihr
eigentliches Gefallen ist das Gewöhnliche, Nützliche." — Wie
fernig klingen aber die Schlußworte: „Nun liegen meine Ge=
danken, Entschlüsse, Handlungen offen und ohne Rückhalt vor
der Welt. Ob es mir fruchte oder schade, daß ich sie auf=
gedeckt habe, berechne ich nicht; gelangen diese Blätter auf
ein kommendes Geschlecht, so lese es in meinem längst schon
stillgestandnen Herzen. So lange ich aber den Atem ziehe,
will ich froh sein, gethan zu haben, was ich that, und
das fühle ich getrost, was von meinen Arbeiten mich selbst
überdauern kann, daß es dadurch nicht verlieren, sondern ge=
winnen werde."

Zweifelsohne ward den Brüdern Grimm die Tragweite
ihrer männlichen That erst durch die Billigung, welche sie in
ganz Deutschland fand, klar. Letztere erst ließ in ihnen die
Überzeugung reifen, daß sie durch diese That zum Heile
Deutschlands ein zur Nachahmung anfeuerndes Beispiel ge=
geben hatten. Bemerkenswert ist auch folgende Äußerung
Jakob Grimms aus jener Zeit, welche sein Verlangen nach
stiller Gelehrtenthätigkeit ausdrückt: „Hätten wir Protestanten
die Sitte des klösterlichen Lebens ohne anderen Mönchdienst,
so brächte ich darin gerne vor dem Andrang der Leute meine
übrigen Tage, die sich leicht umspannen lassen, geborgen zu."

Bald nach der Ausweisung aus Göttingen hatte Jakob
Grimm den Plan gefaßt, nach Berlin zu gehen, wozu er als
Mitglied der Berliner Akademie der Wissenschaften berechtigt
war. Zwei Personen waren unablässig bemüht, die von der
preußischen Regierung gemachten Schwierigkeiten aus dem
Wege zu räumen: Der Kronprinz Friedrich Wilhelm

und Bettina v. Arnim. Jener schrieb den 15. Mai 1840 an diese: „Ich habe seit Jahren an sogenannten rechten Orten wiederholt den Wunsch geäußert, Ihre Freunde hier zu gewinnen und zwar durch den (sonst!) immancablen Passepartout, den der Jakob besitzt, die akademische Mitgliedschaft. Ich bin durchaus nicht gescheitert, nur hat man mich noch nicht landen lassen. Deshalb ist meine Hoffnung und mein Entschluß, immer wieder Versuche zu machen, ungebrochen. Die Blicke, die Sie mir in Herz und Sinn der beiden gegönnt haben, erwärmen mich wie der beste Trunk im Rheingau und steigern mein Verlangen, sie die unsern zu nennen, unsäglich."

Und als er nun am 7. Juni 1840 den preußischen Königsthron bestiegen hatte, da ließ er bald auch Unterhandlungen einleiten, um die Brüder Grimm nach Berlin zu berufen. Dieselben führten endlich dahin, daß Jakob und Wilhelm zusammen mit einem Gehalte von 3000 Thalern am 15. März 1841 nach Berlin übersiedelten unter der einzigen Verpflichtung, dort ihren Aufenthalt zu nehmen und am Wörterbuche zu arbeiten.

Durch die Hochherzigkeit Friedrich Wilhelms IV. waren nun die Brüder Grimm aller Nahrungssorgen enthoben. „Dadurch," schrieb den 10. Februar Jakob an Dahlmann, „ist unsere äußere Lage endlich einmal gut geworden." — Doch schon vorher, als ihnen nur 2000 Thaler versprochen worden waren, hatte Jakob für sich und seinen Bruder freudig zugesagt und an Bettina von Arnim geschrieben: „Ich habe nie um Geld handeln mögen und erwäge billig, daß uns in Berlin kein Amt auferlegt ist, daß wir sparsam haushalten und durch das Wörterbuch demnächst noch dazu verdienen können."

Auch Alexander von Humboldt hatte für ihre Berufung nach Berlin mitgewirkt. „In der Leméstraße (Nr. 8) außerhalb der Stadt am Rande des Tiergartens," wo „wenigstens an den meisten Tagen eine angenehme ländliche Stille" herrschte, schlugen sie ihr neues Heim auf. So nahm Preußens Königsgeschlecht diejenigen großen Deutschen gastlich auf, welche die durch und durch ganz undeutsch gesinnten Fürsten von Hessen-Kassel und Hannover so schnöde behandelt hatten. Das Schicksal hat die Brüder Grimm gerächt. Als des deutschen Reiches Auferstehungsstunde schlug, welche auch die Brüder Grimm mit vorbereitet hatten, da stürzte es die Thröne jener ein, das edle Hohenzollerngeschlecht aber erhob es auf den deutschen Kaiserthron.

VIII.

Entstehung und Wirkung der Grammatik.

Einem Geiste, wie Jakob Grimm, der schon 1812 gelegentlich der Beurteilung von Rasks isländischer Grammatik, sowie 1813 in der Vorrede zum armen Heinrich seine hohe Achtung vor Sprache und Mundart offen ausgesprochen hatte, mußte früher oder später die zur That treibende Überzeugung kommen, daß allen germanistischen Errungenschaften seiner Zeit der feste Untergrund fehle, solange nicht eine wissenschaftliche Kenntnis der deutschen Sprache selbst erworben sei. Wiewohl die deutsche Sprache seit einem halben Jahrtausend ihre lateinische Schwester im deutschen Reiche aus ihrer Stellung als Sprache des Staates, der Kirche und der Wissenschaft Schritt für Schritt verdrängt hatte; wiewohl sich, infolge des Gebrauches der deutschen Sprache als Sprache des Staats und der Reformation mit ihrer deutschen Bibel und deutschen Predigt, eine über den Mundarten stehende Schriftsprache herausgebildet hatte; wiewohl Klopstock, Wieland, Lessing, Herder, Goethe, Schiller u. a. in dieser Schriftsprache unsterbliche Werke geschrieben hatten: so hatte man doch von dem Kern und Wesen, dem Ursprung, der Entwicklung und den Gesetzen der deutschen Sprache kaum eine Ahnung. Und weil man den in ihr selbst ruhen= den Maßstab nicht gefunden hatte, maß man sie nach dem Lateinischen oder Romanischen und nannte sie spröde und un= biegsam, da sie sich gegen die ihr aufgedrungenen fremden Versmaße sträubte. So war in den meisten Köpfen noch etwas von dem mittelalterlichen Vorurteil zurückgeblieben, daß die deutsche Sprache der griechischen, lateinischen, französischen und italienischen gegenüber barbarisch sei.

Allerdings hatten einzelne mit wunderbarem Sprachge= fühl begabte Geister von der Herrlichkeit und dem Wesen unserer Muttersprache eine aufdämmernde Ahnung gehabt, so der sprachgewaltige Luther. Es ist ein Lichtschimmer in dunkler Nacht, wenn dieser in dem Niederdeutschen das ur= sprüngliche Gemeindeutsche sieht, aus dem erst das Hochdeutsche hervorgegangen sei; mit dieser Ahnung kam er der von Jakob Grimm entdeckten Wahrheit sehr nahe, daß der gemeindeutsche Konsonantismus vom Niederdeutschen fast unverändert über= nommen, vom Hochdeutschen aber bedeutend umgestaltet wor= den sei, wodurch sich dieses von jenem getrennt habe. Die Übertragungen der lutherischen Bibel für Nieder= und ihre Erläuterungen für Oberdeutsche veranlaßten ebenfalls dann und wann einen vergleichenden Blick auf das Nieder=, Mittel= und Oberdeutsche.

Auch entstanden von Luthers Zeiten an bis zu denen Jakob Grimms deutsche Sprachlehren. Die älteren von diesen waren jedoch nur Unterweisungen, richtig schriftdeutsch zu schreiben; die späteren schulmeisterten die deutsche Sprache nach dem Vorbilde der lateinischen. Wie weit sie von der Erkenntnis des Wesens und der geschichtlichen Entwicklung der deutschen Sprache selbst entfernt waren, zeigt der Umstand,

daß die schöne Mannigfaltigkeit der Endungsvokale des Altdeutschen für eine willkürliche Nachahmung des Lateinischen
erklärt wurde.

Ähnlich war es auch mit den zahlreich erscheinenden
Wörterbüchern.

Wirklich wissenschaftlich war die Thätigkeit des Her-
ausgebers der gotischen Bibelübersetzung, Junius, der meist
in Holland und England lebte und sich um die Mitte des
17. Jahrhunderts mit dem Angelsächsischen, Friesischen, Althochdeutschen und Gotischen beschäftigte. In seine Fußstapfen
traten der Engländer George Hickes und der Holländer
Lambert ten Kate, jener für das Angelsächsische, dieser
für das Niederländische, und zwar hatte letzterer bereits die
höhere Wichtigkeit derjenigen Thätigkeitswörter erkannt, die
Jakob Grimm später starke nannte, während sie Schottel,
Gottsched und Adelung in voller Verkennung des Sachver-
haltes als ungleichfließende, unrichtige oder unregelmäßige be-
zeichneten.

In Deutschland aber trat längere Zeit keiner auf, der
diesen Vorgängern Jakob Grimms zur Seite zu stellen wäre.
Erst Herder verdient genannt zu werden wegen seiner schönen
und tiefsinnigen Gedanken über die deutsche Sprache, ferner,
wenigstens ihrer Verdienste um das Gotische halber Fulda
und Zahn, dazu Eckhart, der den Plan zu einem deutschen
etymologischen Wörterbuche faßte, in dem die einzelnen deutschen Mundarten und die übrigen germanischen Sprachen durch
die verschiedenen Jahrhunderte verfolgt werden sollten, ein
Gedanke, der freilich nicht zur Ausführung kam. Eckhart erkannte auch, daß fast jedes Jahrhundert des Mittelalters eine
eigene Grammatik erfordere. Außerdem wurden 1804 von
Kanne in seiner Schrift über die Verwandtschaft der griechi-

schen und deutschen Sprache die später von Jakob Grimm entdeckten Lautverschiebungsreihen für einige Fälle richtig angegeben.

Als eigentlicher Vorläufer Jakob Grimms ist Rask mit seiner 1811 erscheinenden isländischen Grammatik anzusehen, der in diesem Werke besonders das Altnordische geschichtlich untersuchte und unter anderm das starke Thätigkeitswort als das ursprüngliche erwies. Er sprach auch den Grundsatz aus: „Eine Sprachlehre sollte nicht sowohl befehlen, wie man die Worte bilden müsse, sondern vielmehr beschreiben, wie sie ge= bildet und verändert zu werden pflegen.“ Ganz in demselben Sinne äußerte sich später Jakob Grimm: „Die Regel unserer Grammatiker ist entweder aus der langen Gewohnheit gezogen (und dann meist gut) oder willkürlich gefunden (und dann meist schlecht): die wahre, rechte könnte erst aus einer reif= lichen, historischen Ergründung unserer Sprache hervorspringen und würde sicher vielseitig und lebendig lauten. Heißen Grammatik und Wörterbuch Absetzung und Festschmiedung einer Sprache, so sollte es lieber keine geben. Allein man soll sie nicht in die Sprache hineinmachen, sondern wie ein Studium aus dieser ziehen; jedes Studium steht natürlich unter seinem Gegenstand.“ — Ferner zeigte Rask 1818 völlig richtig, wie die nordischen Laute sich zu den griechischen und lateinischen verhalten.

Daß vor Jakob Grimm die deutsche Sprache so selten zum Gegenstande der Forschung gemacht wurde, nimmt uns weniger wunder, wenn wir bedenken, daß dieses auch mit der Sprache überhaupt nur selten geschah. Den meisten Philologen waren die Sprachen nur Mittel zum Zwecke; sie erlernten dieselben, um sie lesen, schreiben und sprechen zu können. Von einer Sprachwissenschaft, welche die Sprache um ihrer

selbst willen erforscht, die einzelnen Sprachen miteinander ver=
gleicht und das ihnen allen ober einer Gruppe Gemeinsame
feststellt, sproßten damals erst die frühsten Keime hervor. Auch
hierüber wurde von Herder Treffliches gesagt, der Engländer
William Jones wies zuerst auf die Ähnlichkeit vieler
europäischer Sprachen mit der indischen hin, und nun wurde
die Frage nach dem Ursprunge der menschlichen Sprache und
der Verwandtschaft der einzelnen Sprachen ein beliebter Gegen=
stand der Behandlung.

Da trat 1812 Wilhelm von Humboldt in Schlegels
Museum mit der Ankündigung einer Schrift über die baskische
Sprache und Nation hervor, in der er die wahre Methode
für die Untersuchung und Zergliederung der Sprache lehrte
und so den Grund zu der vergleichenden Sprachwissenschaft
legte. Auch diese Schrift konnte nicht ohne tiefe Einwirkung
auf Jakob Grimm bleiben.

Eine sehr dringende äußere Veranlassung zu eingehenden
Forschungen über die deutsche Sprache hat man wohl in der
1815 in den Heidelberger Jahrbüchern erschienenen scharfen
Kritik Wilhelm Schlegels über die Altdeutschen Wälder der
Brüder Grimm zu suchen. Dieser greift hier die Ansichten
der Brüder über Sage, Mythos und Volksepos heftig an,
wirft ihnen Ehrerbietung vor jedem Tröbel vor (womit er
die Märchen meint) und behauptet, Jakob Grimm sei in den
ersten Grundsätzen der Sprachforschung ein Fremdling. Daß
diese Kritik neben Falschem auch Wahres enthalte, scheinen
die Brüder bald erkannt zu haben.

Von der „Ehrfurcht vor jedem Tröbel", woraus ein
Zeitgenosse (Boisserée) in einem Briefe an Goethe „Andacht
zum Unbedeutenden" machte, haben sie sich allerdings nie ab=
bringen lassen, und darin beruht gerade ein Teil ihrer Größe.

Hierüber hat sich Wilhelm Grimm in seiner Lebensbeschreibung 1830 ausführlich ausgesprochen:

„Genaue und sorgsame Monographien haben immer meine Bewunderung erregt. Solche Beiträge für die Wissen= schaft können an Umfang gering sein, aber ihr Einfluß ist unberechenbar und ihr Wert unvergänglich. Geist, großartiger Sinn, Teilnahme an den höchsten Fragen des Lebens werden sich auch hier nicht verleugnen, sind sie nur wirklich vorhanden. Ich möchte am liebsten das Allgemeine in dem Besondern be= greifen und erfassen, und die Erkenntnis, die auf diesem Wege erlangt wird, scheint mir fester und fruchtbarer als die, welche auf umgekehrtem Wege gefunden wird. Leicht wird sonst als unnütz hinweggeworfen, worin sich das Leben am bestimmtesten ausgeprägt hat, und man ergiebt sich Betrachtungen, die viel= leicht berauschen, aber nicht wirklich sättigen und nähren."

Daß aber die Vorwürfe bezüglich seiner geringen Kenntnis der Sprachforschung berechtigt waren, hat Jakob selbst zu= gegeben: die in den Altdeutschen Wäldern ausgesprochenen etymologischen Ansichten bezeichnet er später als „fast noch roh oder wild". Demnach wird man nicht sehr irren, wenn man schon 1815 als das Jahr annimmt, in dem Jakob Grimm planmäßig eingehendere Studien über altdeutsche Grammatik begann. Erwähnt als ein von ihm in Angriff genommenes Werk wird seine Grammatik allerdings erst in einem Briefe von Anfang 1818.

In der Zwischenzeit veröffentlichte er (1817) mehrere kleinere Aufsätze im Sprach= und Sittenanzeiger der Deutschen und gab in Radlofs Sprachen der Germanen Dialektproben.

Von 1811 an war Jakob Grimm mehrfach von ge= lehrten Gesellschaften, so von einer Pariser, Frankfurter, Leidener, Amsterdamer und Kopenhagener durch Ernennung zum Ehren=

ober korrespondierenden Mitglied ausgezeichnet worden. 1816 wurde ihm und Wilhelm diese Ehre auch von seiten der Berlinischen Gesellschaft· für deutsche Sprache und 1818 von seiten des Frankfurter Gelehrtenvereins für deutsche Sprache zu teil. Letztere beide Gesellschaften verfolgten sprachreinigende Bestrebungen, doch gingen sie darin den Brüdern Grimm vielfach zu weit. Jakob Grimm will an jeder Stelle den treffendsten Ausdruck gewählt wissen, sei es nun ein deutsches oder ein fremdes Wort. Freilich wünscht auch er, daß alle verlorenen Trefflichkeiten der jetzigen Schriftsprache wieder gebracht werden und hat selbst manches schöne alte Wort, wie Gau, Ger aus dem Staub der Ver= gessenheit hervorgezogen; allein dies soll nur der dichterischen Eingebung überlassen bleiben. Sowohl gegen das systematische Hervorsuchen von alten Wörtern als auch gegen das nüchterne Neubilden in der Sprache erklärt er sich scharf und verlangt, dem tiefsinnigen Sprachgeist bescheiden nachzuspüren. So wandte er sich 1819 im zweiten Bande des Hermes auch gegen Jean Paul, der das s aus Zusammensetzungen wie „Bundestag" verdrängen wollte; dieser antwortete darauf 1820 in seiner Schrift „Über die deutschen Doppelwörter", besonders im fünften Postskript.⁶) Hinsichtlich des absichtlichen Hervorsuchens alter Formen und Wörter änderte Jakob Grimm später etwas seine Ansicht; am 24. August 1838 schreibt er an Lachmann: „Ich meine, alle Wörter von Schönheit und Kraft seit Luthers Zeit dürfen zur rechten Stunde wieder hervorgeholt und neu angewandt werden." — Ferner äußerte er sich: „Wir freuen uns eines verschollenen, ausgegrabenen deutschen Wortes mehr als des fremden, weil wir es unserem Land wieder aneignen können." (J. Grimm, Kleine Schrif= ten 7, 5, 65.) Auch schlug er im Wörterbuch Formen

6*

wie „Boge" für „Bogen" vor, weil sie das Mittelalter und
noch Luther hätten; auch sind alte Worte, wie: bannen,
Fehde, Ferge, Gau, Ger, Getier, Hort, Kämpe,
Minne und der munbartliche Ausbruck „sich lustig machen"
entweder durch ihn selbst oder doch durch die von ihm sprach=
lich beeinflußten Dichter, wie Uhland, Rückert und die jüngeren
Romantiker, wieder schriftbeutsch geworden, so daß die jetzigen
gemäßigten Sprachreinigungsbestrebungen, die Frembwörter
durch veraltete und durch munbartliche beutsche Wörter zu ver=
brängen, sich wenigstens auf den älteren Jakob berufen können.

Anfang 1819 erschien der erste Band seiner Deutschen
Grammatik, der die Deklination und die Konjugation ent=
hielt. Hierin hatte er die von ihm selbst aufgestellte Forderung,
daß man dem Sprachgeist nachspüren müsse, auf das sorg=
fältigste erfüllt. Gewidmet war das Buch seinem ehemaligen
Lehrer Savigny, dessen empirische Forschungsmethode er darin
in meisterhaftester Weise zur Anwendung gebracht hatte.

Obgleich Jakob Grimm für das Gotische, Altnordische,
Angelsächsische und Niederländische, wie wir gesehen haben,
auf wertvolle Vorarbeiten fußen konnte, schöpfte er doch selbst
aus den überlieferten Sprachbenkmälern. Für das Deutsche
im engeren Sinne, das Hoch= und Niederdeutsche, mußte er
die Untersuchung von Grund aus selber beginnen. Er mußte
aus der alten Litteratur die Sprachgesetze erst entdecken, wobei
er zum ersten Male die altbeutschen Personen= und Ortsnamen
ernstlich für sprachliche Forschungen verwertete. Auch wurde
von ihm hier zum ersten Male die hoch= und niederdeutsche
Sprachentwicklung in drei Zeitabschnitte zerlegt, welche die
Benennungen alt=, mittel= und neuhochdeutsch, bezüglich alt=,
mittel= und neuniederbeutsch (mit den Grenzzahlen r. 1100
und r. 1450) bekamen. Seine Untersuchung führt er von

Fall zu Fall, vom Gotischen ausgehend, durch das Altnordische, das Altniederdeutsche (das ihm in Altsächsisch, Angel-
sächsisch und Altfriesisch zerfällt) und das Althochdeutsche hindurch in die mittlere und die neuere Zeit, die er aber viel
kürzer als die ältere behandelt. Sein vergleichender Blick
läßt uns als Mutter der gotischen, altnordischen und altdeutschen
Sprache das Gemeingermanische erkennen, und wir sehen, wie
sich die bunte Mannigfaltigkeit der späteren und spätesten
Formen gesetzmäßig aus einer ursprünglichen Einheit entwickelt hat. Denn nachzuweisen, daß auch in der Sprache
die Unverletzlichkeit und Notwendigkeit der Geschichte waltet,
und jetzige scheinbare Unregelmäßigkeiten nur erhaltene Reste
einer früheren Sprachperiode seien, dies war das Hauptziel,
das Jakob Grimm in seiner Grammatik im Auge hatte. Er
wollte keine Sprachregeln geben und ging sogar in der Vorrede so weit, zu behaupten: „Jeder Deutsche, der sein Deutsch
schlecht und recht weiß, d. h. ungelehrt, darf sich, nach dem
treffenden Ausdruck eines Franzosen, eine selbsteigene, lebendige
Grammatik nennen und kühnlich alle Sprachmeisterregeln fahren
lassen." Er wollte die in der deutschen Sprache und den
Schwestersprachen wirkenden Gesetze durch Vergleichung ihrer
aller und der verschiedenen Zeitläufe entdecken und so eine
Geschichte der deutschen Sprache schaffen.

Daß er der Mann war, das Gewollte zu vollbringen,
wurde schon aus diesem ersten Bande den Zeitgenossen klar.
Schon sie nahmen ihn auf als ein Werk, das eine neue Entdeckung dem staunenden Leser offenbare. Jean Paul nannte
es in seiner Schrift „Über die deutschen Doppelwörter", die
teilweise gegen Jakob Grimm gerichtet war: „Grimms Meister-
Grammatik — dieses deutsche Sprach-Heroum — diese
grammatische Polyglotta für Deutsche und ihre Völkervettern,

Holländer, Schweden, Dänen, Briten — ein heiliges Reliquiarium der Zungenvorzeit." — Und Benecke, der sich, ähnlich wie sein großer Schüler Lachmann, besonders durch streng wissen=schaftliche Textkritik um das altdeutsche Schrifttum verdient gemacht hat, schrieb an Jakob Grimm:

„Wenn man an den Verfasser denkt, so weiß man nicht, ob man mehr seinen Scharffinn oder seinen Fleiß und seine Kenntnisse bewundern soll; und wenn man an den Gegen=stand denkt, so wird man von Freude ergriffen, daß eine Sprache in der Welt ist, die für solche Unternehmungen ge=macht ist, und daß diese Sprache die unsere ist."

In den Göttinger Gelehrten Anzeigen beurteilte er aber das Buch folgendermaßen:

„Ehre dem Ehre gebührt! und dieser Grammatik, wie sie bescheiden sich nennt, gebührt sie. Gedanken, Anordnung und Ausführung zeigen so viel Scharffinn, Überlegung und Gelehrsamkeit, daß jeder, dem ein Urteil zusteht, sie für ein Meisterwerk erklären muß. Man sieht es der Arbeit an, daß sie mit Begeisterung und Liebe unternommen und mit nie ermüdendem Fleiße ausgeführt wurde. Alles ist verständig gedacht und verständlich gesagt. Der Verfasser ist seines Gegenstandes vollkommen mächtig. Sicher und ruhig, wie er selbst fortschreitet, folgt ihm der Leser mit Leichtigkeit, freut sich des immer heller werdenden Lichtes, und erblickt endlich, wo er vorher nur eine verworrene Masse sah, eine Welt voll unbegreiflicher Ordnung. Was Zeit und Raum zu trennen schienen, fügt sich zur Einheit, und allenthalben verrät sich das Weben und Leben eines wundervollen Geistes, der gleichförmig wirkt in der größten Mannigfaltigkeit und spar=sam in der größten Fülle. — — — Wir möchten diese Grammatik eine Naturgeschichte der Sprache nennen, wenn

unsere Leser uns den Gefallen thun wollten, das Wort Natur=
geschichte in seiner eigentlichen und wahren Bedeutung zu
nehmen. — — — Daß uns eine deutsche Grammatik not
that, haben wir alle gefühlt; daß unser Wunsch auf eine
solche Art würde erfüllt werden, hat wohl keiner geahnt: denn
keiner hat sich die Aufgabe in dem Umfange gedacht, den wir
jetzt als notwendige Bedingung anerkennen müssen."

Ja selbst Wilhelm Schlegel schrieb an Wilhelm
von Humboldt:

„Ich schätze diese Arbeit so hoch wegen der rein historischen
Behandlung und des unendlichen Fleißes im einzelnen bei
einer durchgeführten Idee im ganzen. Grimm hat gezeigt,
wie viel durch beharrliche Prüfung mit Fragmenten auszu=
richten ist. Ich werde es mir umsomehr zum angelegentlichen
Geschäft machen, dies anzuerkennen, weil ich früher wegen
seiner Etymologie à la Kanne sehr hart mit ihm umge=
gangen bin."

Die Marburger Universität aber ernannte 1819 Jakob
Grimm zum Doktor der Philosophie. Schon im nächsten
Jahre nach dem Erscheinen war der erste Band vollständig
vergriffen.

Unterdessen forschte Jakob Grimm über die Gesetze der
deutschen Sprache weiter. Seine Entdeckungen über das
deutsche Betonungsgesetz, die Brechung, den Um= und
den Ablaut teilte er Lachmann noch im Laufe des Aprils
1820 mit, während er über die Lautverschiebung am
25. November zum ersten Mal einiges äußerte, das ganze
Gesetz darüber aber erst am 1. April 1821 ihm vorlegte. Bei
der Entdeckung der neuhochdeutschen Verlängerung der
Stammvokale hat Lachmann einen sehr großen Anteil, ja
zu dieser hat er sogar die Anregung gegeben.

Alle diese Entdeckungen zusammen hatten für die Germa=
nistik eine so grundlegende Bedeutung, wie etwa für die Physik
die Auffindung des Gesetzes der Schwerkraft; für die Sprach=
forschung überhaupt waren sie ungefähr das, was für die
Erdkunde die Entdeckung Amerikas gewesen ist. Da die ur=
germanische Sprache, die gemeinschaftliche Mutter des Gotischen,
Nordischen, Nieder= und Hochdeutschen, den Hauptton bei
einem jeden Worte auf die Stammsilbe legte (so in „unbe=
greiflicher" auf „greif"), bildete sie einen wesentlichen Unter=
schied von ihren Schwestern, der indischen, persischen, griechi=
schen, lateinischen, keltischen, lettischen und slavischen Sprache
heraus: die Folge dieses Betonungsgesetzes mußte zunächst die
Vernachlässigung der Bildungssilben, später ihre Schwächung
zu e oder ihr gänzlicher Verlust sein. So ward althoch=
deutsches „herrono" zu „Herren". Umgekehrt hat auch der
Vokal der Bildungssilbe auf die Klangfärbung der vorher=
gehenden Stammsilbe eingewirkt. Den Lautwandel von i zu e
und u zu o vor folgendem a (so gotisch „gabudan" zu althoch=
deutschem „gabotan", geboten) nannte Jakob Grimm Brechung;
dem viel später eintretenden Übergang von a zu ä oder e, von o
zu ö und von u zu ü vor folgendem i („krafti" zu „Kräfte",
„sconi" zu „schön", „fuozi" zu „Füße") gab er den Namen Um=
laut. Ablaut dagegen hieß er die in bestimmten Gruppen
verschieden erfolgende Wandlung des Stammvokals, besonders
bei der Tempusbildung der älteren oder nach seinem Aus=
drucke starken Thätigkeitswörter (so noch in den neuhochdeutschen
Formen und Wörtern: „binde, band, gebunden nebst Binde,
Band, Bund; — schwimme, schwamm, geschwommen; —
bitte, bat, gebeten; — trage, trug, getragen; — reite, ritt,
geritten nebst Reiter und Ritt; — gieße, goß, gegossen nebst
Gießer, Guß und Gosse). Die spätere Tempusbildung, die

durch Anhängung des Thätigkeitswortes „thun" erfolgte (das
jedoch nach dem deutschen Betonungsgesetz verkümmern mußte),
wurde von ihm die schwache genannt (so: lobe, lob=te, gelob=t).

Die Erkenntnis aber, daß noch in mittelhochdeutscher Zeit
vielfach ein Stammvokal vor einfachem Konsonanten kurz ge=
wesen sei (so in sagen, wider), trug ungemein zur Aufhellung
der altdeutschen Metrik bei, wo ein derartiges zweisilbiges
Wort mit kurzer Stammsilbe die Geltung einer einsilbigen
langen hat.

Unter der Benennung Lautverschiebung faßte Jakob
Grimm mehrere zeitlich sehr verschiedene Konsonantenwandlungen
zusammen. Er fand, daß die mit nachstürzendem Hauche ver=
sehenen (Aspiratae), die weichen (Mediae) und die harten
(Tenues) Stoßlaute vom indogermanischen (d. i. indisch=persisch=
griechisch=lateinisch=keltisch=slavisch=lettischen) zum urgermanischen
(d. i. gotisch=nordisch=englischen und meist auch niederdeutschen)
Lautstand und endlich zum hochdeutschen eine im wesentlichen
ringweise Verschiebung erlitten haben. Am folgerichtigsten
zeigt sich dieser Wandel bei den Zahnlauten. Wenn man
hochdeutsches „z" und „ß" als Vertreter von th und dh auf=
faßt, so sind Beispiele für th, d, t: griechisch thygater, gotisch
dauhtar, hd. Tochter, — für d, t, z: griech. deka, lat. decem,
got. taihun, hd. zehn, — für t, th, d: griech. treis, lat. tres,
got. threis, engl. three, hd. drei; — ferner für f oder ph
und b: lat. frater, deutsch Bruder, das oberdeutsch pruder
klingt; — für p und f: lat. piscis, deutsch Fisch; — für
g, k, ch: griech.=lat.: ego, got.=niederdeutsch ik, hd. „ich"; —
für k und h: lat. cornu, deutsch Horn.

Dem Bande seiner Grammatik, der die Laute und Laut=
wandlungen enthielt, gab Jakob Grimm die bescheidene Über=
schrift: Von den Buchstaben. Der Druck desselben begann

schon im Oktober 1820, also vor der vollständigen Ausarbeitung; heraus kam dieser Band aber erst 1822, und zwar
wurde er als erstes Buch der neu erscheinenden Flexionslehre
vorausgeschickt, so daß diese beiden Bände jetzt den ersten Teil
der Grammatik bilden.

Auch im Drucke war eine Neuerung eingetreten, indem
lauter lateinische Lettern genommen und die Hauptwörter außer
den Eigennamen klein gedruckt worden waren. Dadurch wollte
Jakob Grimm auf die Abstellung einer durchaus nicht im
Wesen unserer Sprache begründeten Pedanterie hinwirken.
Mit diesen und einigen andern Neuerungen hat Jakob Grimm
die orthographische Frage in Fluß gebracht. Zunächst
fingen die Germanisten an, unsere recht willkürliche Recht-
schreibung wissenschaftlicher zu gestalten. Freilich entstand
dadurch vorderhand nur eine noch größere Verwirrung.

Bei seinen Forschungen über die deutsche Sprache ließ
Jakob Grimm keineswegs die sprachvergleichenden Studien
Humboldts außer acht; so schreibt er nach dem Erscheinen von
dessen Schrift über Sprachstudien am 12. Mai 1823 an
Lachmann: „Die lesen Sie ja, die beiden Richtungen der
Sprache und des Sprachstudiums scheinen mir darin geistreich
und vortrefflich entwickelt. So was kann mich trösten über
das, was meinen Arbeiten fehlt. Ich gehe wenigstens auf
einem der guten Wege, der Geist, der im herbeigeschafften
Material schläft, wird mit der Zeit schon erwachen oder erweckt
werden."

Ja er fand noch Muße sich mit anderen Sprachen zu
beschäftigen; so setzte er die in Wien 1815 begonnenen
slavischen Studien fort und übertrug sogar 1824 eine „kleine
serbische Grammatik" von Wuk Stephanowitsch ins Deutsche,
zu der er eine vortreffliche Einleitung schrieb. Auch brachte

1824 Goethes „Kunst und Altertum" die Übersetzung eines
serbischen Volksliedes von Jakob Grimm ähnlich wie schon
1818 „Die Sängerfahrt". — Dem Provenzalischen hatte
er sich gleichfalls zugewandt und schon 1819 in Seebodes
kritischer Bibliothek „Über die Tagelieder der provenzalischen
Troubadours" geschrieben. Die Wiener Jahrbücher der
Litteratur enthielten von 1824 bis 1836 mehrere Rezensionen
aus seiner Feder, desgleichen 1824 die „Denkmäler alter
Sprache und Kunst" und 1825 „Das Fehmgericht" kleinere
germanistische Aufsätze. Die Königliche deutsche Gesellschaft
zu Königsberg, zu deren Mitglied Jakob Grimm 1825 ernannt
wurde, hatte einen Preis auf eine historischgrammatische Unter=
suchung der deutschen Adjektive ausgesetzt. Jakob Grimm
reichte eine Arbeit ein und erhielt den Preis, sah jedoch von
der Veröffentlichung seiner preisgekrönten Schrift ab, da er
noch neue Quellen untersuchen wollte.

Den zweiten Teil seiner Grammatik gab Jakob Grimm
1826 heraus. In diesem handelte er von dem deutschen Wort=
schatz. Er suchte vor allem die ungeheure Masse der deut=
schen Wörter auf ihre einfachsten Bestandteile zurückzuführen,
die man Wurzeln nennt. So kam er auf nicht viel mehr
als siebenthalbhundert deutsche Wurzeln, deren Grundbedeu=
tung er festzustellen sich bemühte. Darauf betrachtete er die
Mittel, durch die aus den Wurzeln die Wörter gebildet
werden, die Bildung durch Ableitung (so von „be" und „Griff"
„Begriff") und durch Zusammensetzung (so von „an" und
„Griff" „Angriff"). Auf diesem Wege entdeckte Jakob Grimm
die allgemeinsten Gesetze, nach denen der deutsche Sprachgeist
bei der Wortschaffung wirkt und waltet; daneben eröffnete er
aber auch manchen Einblick in das früheste Leben unseres
Volkes. So weht uns aus den uralten poetischen Beiwörtern

von Perſonen und Sachen, die er vorführt, etwas von dem
Geiſte jener längſt entſchwundenen Zeiten entgegen, da Kampf
und Sieg die einzigen Lebensideale waren.

Noch in demſelben Jahre 1826 veröffentlichte Jakob
Grimm einen Aufſatz: „Zur Rezenſion der deutſchen Gram=
matik.“

Im Jahre 1831 gab Jakob Grimm den dritten Teil
ſeiner Grammatik heraus. In dieſem ſind die kleineren Rede=
teile behandelt, welche Wörter und Sätze mit einander ver=
knüpfen und Verneinung, Frage und Antwort bezeichnen.

Der vierte und letzte Teil der Grammatik erſchien 1837.
Dieſer enthielt die Syntax, doch nicht vollſtändig. Einen
weiteren Band, der dieſe zu Ende geführt hätte, ließ Jakob
Grimm leider nicht folgen; als ihm bald darauf ſein Ver=
leger anheim ſtellte, entweder das Werk in einem ſolchen zum
Abſchluß zu bringen, oder die bereits erſchienenen vier Teile
neu herauszugeben, entſchloß er ſich zu dem letzteren und be=
gann ſeine Grammatik völlig umzuarbeiten. In der Syntax
zeigt er, wie der ältere Satzbau natürlicher und mannig=
faltiger, wenn auch in den Übergängen härter als der neuere
ſei; dagegen ſei dieſer logiſch beſtimmter als jener. — Lach=
mann ſchrieb ihm darüber: „Ich bin wirklich noch ganz in
der Bewunderung und im Lernen zum Teil ganz neuer Sachen,
ſo daß ich gar nicht dazu komme, etwas zu vermiſſen.“ —
Und Wilhelm äußerte ſich gegen Lachmann folgendermaßen:
„Ich freue mich über den vierten Teil der Grammatik, weil
man, wie Robinſon, bei jedem Tritt auf unbekannte Dinge
ſtößt, was eine Art behaglicher Verwunderung erregt.“ —
Jakob Grimm ſelbſt glaubte allerdings, daß nicht bloß dieſer,
ſondern auch der zweite und der dritte Band eine geringere
Wirkung als der erſte gehabt habe.

Dem sei, wie ihm wolle; die ganze Grammatik ist unstreitig die bedeutendste und folgenreichste Schöpfung Jakob Grimms. Scherer nennt sie „ein Buch", „wie bis dahin kaum eines gedacht und noch viel weniger eines unternommen worden war"; und sagt weiter darüber: „Der deutsche Sprachgeist selbst lebt und waltet darin. Wir erkennen seine frische und ursprüngliche Kraft, wir erkennen die Einbußen, welche die rasch hinwandelnden Jahre an ihm verschuldet haben."

Die ursprüngliche Einheit aller germanischen Sprachen ist ihr grundlegender Satz, und die daraus entsprossende Mannigfaltigkeit geschichtlich zu erklären, ihr letztes Ziel. Durch diese geschichtliche Betrachtungsweise, der Jakob Grimm durch seine ganze Grammatik hindurch die deutsche Sprache unterwirft, hat er aber nicht allein die historische Grammatik derselben, sondern die geschichtliche Sprachforschung überhaupt begründet. Er zeigte, daß die Sprache ursprünglich etwas rein Sinnliches ist und sich allmählich immer mehr vergeistigt; denn die Wörter haben zunächst nur sinnliche Bedeutungen, aus denen sich erst im Laufe der Zeit geistige entwickeln. Immer und immer wieder hebt er hervor, daß der Leib der Sprache, die äußere Form, in demselben Grade abnimmt, in welchem der Geist derselben, der Gedankenreichtum und die scharfe Begriffsscheidung, wächst.

Dabei gelingt es ihm aber, wie in den Rechtsaltertümern die Rechtsforschung, so hier die Sprachforschung, die gleich jener als höchst nüchtern verschrieen ist, poetisch zu beleben und dadurch in weiteren Kreisen Sinn für sie zu erwecken. Nicht zum mindesten erreichte er dies dadurch, daß er dem Einbildungsvermögen, das ist der poetischen Gestaltungskraft der Sprache selbst, gleich Wilhelm von Humboldt, nachspürte. Am glänzendsten hat er dies bei der Lehre vom grammatischen

Geschlecht gethan, wo er zeigte, daß der Sprachgeist, dem
Kinde gleich, auch die leblosen Gegenstände als belebte Wesen
auffaßt und ihnen männliches oder weibliches oder sächliches
Geschlecht zuteilt, je nachdem die an ihnen wahrgenommenen
Eigenschaften mehr denen des Mannes oder der Frau oder
keines von beiden ähneln.

Ein hoher Vorzug der Grammatik Jakob Grimms liegt
auch darin, daß die Entwicklung des Wortschatzes in die=
selbe hineingezogen ist.

Diesen Vorzügen gegenüber fallen ihre Mängel wenig
ins Gewicht; sie sind hauptsächlich hervorgerufen durch Jakob
Grimms Neigung zum Altertümlichen, infolge der er dem
Gotischen, dessen schriftliche Überlieferung ungefähr ein halbes
Jahrtausend weiter zurückreicht als die des Altdeutschen, eine
zu ausschlaggebende Stellung einräumte und das Neuhoch=
deutsche zu stiefmütterlich behandelte.

Eine reiche sprachwissenschaftliche Litteratur ist durch Jakob
Grimms Grammatik angeregt worden, zunächst auf germa=
nistischem Gebiete, wo nicht nur die älteren Sprachperioden,
sondern auch die jetzigen Mundarten eine emsige Bearbeitung
gefunden haben und noch finden. Ferner hat man nach Jakob
Grimms Vorbild auch nicht germanische Sprachen behandelt
und verglichen. Wohl war Franz Bopps grundlegendes
Werk „Das Konjugationssystem“ schon 1816 erschienen, doch
für Bopps spätere Arbeiten, wie die „Vergleichende Gram=
matik“ und für die „Etymologischen Forschungen“ Potts,
welche Werke beide 1833 hervortraten, war die Grimmsche
Grammatik ein unentbehrliches Hilfsmittel und ein für einen
Kreis von Sprachen streng durchgeführtes Musterbeispiel.
Zeuß aber wendete die an Grimm gelernte Methode der
Vergleichung auch auf die keltischen Sprachen an und ließ
1853 ein seines Meisters würdiges Werk erscheinen.

Ganz besonders hoch ist jedoch die Einwirkung der Grimmschen Grammatik auf Universität und Schule zu veranschlagen. Zwar hatten bereits vor Jakob Grimm andere, so besonders sein alter Freund Benecke, regelmäßige Vorlesungen über deutsche Sprache und Litteraturgeschichte gehalten, und hätten auch ohne Jakob Grimm die Blüte der neuhochdeutschen Litteratur, wie sie sich in Schillers, Goethes und Lessings Werken entfaltete, sowie die praktischen Bedürfnisse des neu erstarkenden deutschen Reiches eine größere Beachtung und Würdigung der deutschen Sprache und Litteratur auf den Schulen als früher gebieterisch gefordert; aber indem Jakob Grimm in seiner Grammatik für die deutsche Sprache ein Werk schuf, wie es auf dem Gebiete der griechischen und lateinischen noch nicht vorhanden war, bewies er durch die That, daß die deutsche Sprache eine ebenbürtige Schwester der griechischen und lateinischen ist, und errang ihr somit auf der Universität und Schule das Recht, neben jenen einen gleichen Rang zu beanspruchen. Und wenn sie sich diesen nach und nach erfochten hat, wenn ihr vielleicht die Zukunft einst auf der deutschen Schule und Universität sogar einen Platz über den altklassischen Sprachen zuweisen wird, so ist diese Wendung hauptsächlich durch Jakob Grimms Grammatik veranlaßt worden, ohne die sicherlich auch das Kaiserwort, daß das Deutsche der Mittelpunkt des Unterrichtes werden müsse, nie gefallen wäre. Jakob Grimm selbst freilich, der die deutsche Sprache — wegen des Mangels an geeigneten Lehrern — sogar ganz von der Schule ausschließen wollte, hat diese Art der Wirkung vielleicht nie geahnt.

IX.

Der Verkehr mit Lachmann und die Nibelungenliedfrage.

Außer der gewaltigen Wirkung auf einen größern Leser=
kreis hatte der erste Band der Grammatik noch einen
andern Erfolg für Jakob Grimm. Benecke, mit dem
er schon seit 1807 im Verkehr stand, schloß sich ihm jetzt enger
an und wechselte von nun an regelmäßig Briefe mit ihm, in
denen wissenschaftliche Fragen und Gegenfragen gestellt, Mei=
nungsverschiedenheiten erörtert, Bedenken geäußert und über
die gedruckten Arbeiten Bemerkungen gemacht wurden. Dazu
gesellte sich aber auch Lachmann, in dem Jakob Grimm
nächst seinem Bruder den besten Mitarbeiter fand. Diese vier
Männer erkannten einerseits die Notwendigkeit ihres Zusammen=
wirkens, anderseits aber auch, daß nur sie von allen Zeit=
genossen das Zeug dazu hätten, aus den Bestrebungen für
deutsches Altertum eine wirkliche Wissenschaft zu machen. So
schreibt Jakob Grimm den 1. April 1820 an Lachmann:
„Lassen Sie uns auf diesem Wege fortfahren, und bald wird
ein philologisches Fundament entstehen, welches dem Publikum
mehr Zutrauen einflößen soll, als das Geschwätz und die
Halbwisserei, die bisher ihr Spiel mit der altdeutschen Litte=
ratur getrieben haben." Bereitwillig kennt auch Lachmann

Jakob Grimm als Führenden an, so schreibt er an Wilhelm:
„Der unermeßliche Reichtum und das Massenhafte ist so
wenig Ihr als mein Fach, wir müssen das Jakob lassen.
Aber ohne Neid kann es nicht abgehn, wo man sich einmal
seiner Art zu nähern gezwungen ist." Hinwiederum preist
Jakob Grimm auch an Lachmann Vorzüge, so: „Ich be=
wundere immer mehr die ausnehmende Genauigkeit und Strenge
Ihrer Untersuchungen. Dergleichen habe ich nichts aufzuweisen."
Vielfach hatte der Briefwechsel Jakob Grimms und Lach=
manns Grammatik und Metrik zum Gegenstand.

Mitunter mischen sich jedoch auch unter die gelehrten
Fragen Worte, die eine echte und innige Freundschaft bekun=
den, so schreibt Jakob an Lachmann: „Meine Eltern sind mir
früh gestorben, und ich habe auch sonst weniges in der Welt,
zu dem ich über Berg und Thal reisen möchte, wie gerne
ginge ich Ihnen nach, soweit mich die Beine trügen." Auch
über den weitern Fortgang der Arbeiten an seiner Grammatik
spricht sich Jakob Grimm sehr offen gegen Lachmann aus.
Anfänglich äußert er sich öfter mißmutig und verzagt, so meint
er, das Beste an seinem Buche werde sein, daß er sich ein Herz
gefaßt hätte, so viel unfertiges Zeug in die Welt zu schreiben
und auf seinen Namen zu nehmen. Der kräftige Zuspruch
Lachmanns richtete ihn wieder auf. „Ihre Briefe," schreibt
er, „trösten mich gewaltig; wenn ich denke, nun wird er mit
allen Seiten deiner Arbeit unzufrieden sein, so kommt Ihr
Brief, worin ich lese, daß Sie sogar noch einzelnes in dem
Buche sein bemerkt finden." — Ebenso offen giebt er aber
später nach Überwindung der Hauptschwierigkeiten seiner Freude
über und seinem Vertrauen auf das begonnene Werk Aus=
druck: „Es ist ein grammatisches Haus auf die Beine ge=
kommen, worin man nun einziehen und das man ausbauen

kann. Es sind nun Geschäfte möglich, und es steht mir vor, es werden bessere getrieben werden. Vermutlich geht's der Masse des Publikums, wie ich an mir selbst genug erfahren habe, man verliert manchen guten Einfall und reibt seine Lust an einer Arbeit nach und nach auf, sobald man nicht unternimmt, sie wirklich anzufassen und zu fördern. Und wunderbar fühlt sich der Geist selbst durch fortschreitende Thätigkeit gefördert."

Der Briefwechsel zwischen Lachmann und Wilhelm, welcher 1817 in der Leipziger Litteratur-Zeitung Lachmanns 1816 erschienene Abhandlung „Über die ursprüngliche Gestalt des Gedichts von der Nibelungen Not" besprochen hatte, bezog sich meist auf die altdeutsche Heldensage und Litteraturgeschichte, und zwar vor allem auf das Nibelungenlied. In diesen Briefen erblicken wir „die beiden Meister, denen wir hauptsächlich die Grundlage für die echte wissenschaftliche Erkenntnis und Behandlung der deutschen Heldensage und des Nibelungenliedes insonderheit verdanken [7]," in emsigem Gedankenaustausch. Mit Zacher rechne ich die drei im wesentlichen das Nibelungenlied betreffenden Briefe (vom 31. Mai und 3. Juli 1820 und vom 26. Juni 1821) Wilhelms „zu dem Besten und Bedeutendsten, was Lachmann gegenüber (besonders betreffs seiner Annahme, das Nibelungenlied sei aus noch erkennbaren Einzelliedern entstanden) geltend gemacht worden ist", muß mich aber hier mit der Heraushebung der bedeutendsten Stellen begnügen: „Wir sind aber auseinander in der Ansicht über die Weise, worin die einmal vorhandene Sage ist verbreitet worden. — Wir nehmen beide an, das Nibelungenlied, wie es vor uns liegt, zeige deutlich Spuren der Zusammenfügung und gestatte einzelne, für sich bestehende Teile zu unterscheiden. Nun aber trennen wir uns. Sie glauben, daß lediglich diese einzelnen Teile — vorher bestanden hätten. Ich dagegen glaube: zugleich auch ein das Ganze umfassendes Gedicht. —

„Auch hieraus bestätigt sich mein Hauptsatz, daß eine gesunde, kräftige, vollständige, der Idee am nächsten liegende Darstellung die früheste ist. — Ich sehe also darin erstens ein Ganzes, das in seinen Grundzügen sich noch zusammenhält. Sie werden mir nicht ableugnen, daß dies Gefühl durch das Lied hingeht; es würde nimmermehr, wenn es bloß aus einzelnen Teilen zusammengesetzt wäre, eine solche Einheit der Fabel, ein solches Gleichmaß und ebenmäßige Ausdehnung erlangt haben." —

„Nötig war es erst im 13. Jahrhundert, das Nibelungenlied aufzuschreiben, weil — jede Überlieferung nicht eher aufgezeichnet wird, als bis Gefahr da ist, sie zu vergessen." —

„Das Epos ist ein Ergreifen der wirklichen Geschichte durch ein Anknüpfen derselben an eine religiöse Grundanschauung." —

„Von der epischen Nibelungensage liegt aber eine doppelte Hauptformation vor uns, die nordische und die beiden deutschen. — Die nordische ist älter als die deutsche, nämlich schon aus dem 8. Jahrhunderte, und weist selbst auf ältere Lieder hin. — Der wesentliche Inhalt dieser Sage ist nach meiner Meinung folgender:

a) Der Hort, dessen Besitz alle Wünsche erfüllt, — aus ihm stammt die Kenntnis der Vögelsprache, die Unverwundbarkeit durch den Hornleib u. s. w. — Der Hort liegt an einem schwer zugänglichen Ort verborgen — und wird von Dämonen — bewacht.

b) Streben nach dem Hort. Von Fafnir an, habsüchtig geschildert, bis zu Atli. —

7*

c) Zwei Geschlechter und Völker einander gegenüber-
stehend. — Der epische Faden entwickelt sich durch das Einmischen eines Dritten, aus einem höhern Geschlecht, Sigurds
des Welsungen. — Der Dummklare verbindet sich mit beiden
und verwickelt sie in Streit.

d) Herausforderung und Kampf der beiden Geschlechter, des Hortes wegen. Übergang über den Fluß,
der sie trennt. — Verderben und Untergang auf beiden
Seiten. —

e) Ein waltendes Schicksal, vor dem gewarnt
wird. —

Ich setze die Formation der Sage in den Eddaliedern
in das sechste Jahrhundert. — Unser Nibelungenlied mag
sich im 12. Jahrhunderte gebildet haben, wo Pilgerim und
Rüdiger dazu kamen, dazwischen aber lag — noch eine Stufe,
wo die Verbindung mit dem Sagenkreis von Dietrich und
die völlige Beziehung auf den historischen Attila stattfand,
etwa im 9. Jahrhundert. —

Entsprungen ist das Epos in Deutschland, das zeigt
deutlich der Rhein, — die Mordsühne durch Bedeckung des
Getöteten mit Gold, welche das nordische Recht nicht kennt.

Man könnte über die ursprüngliche epische Gestalt
folgende Vermutung haben. Die Nibelungen wohnen am
Rhein, — drei Königssöhne herrschen gemeinschaftlich. Ihre
Schwester Kriemhild ist ausgezeichnet durch Schönheit. —
Ihnen gegenüber im südlichen Deutschland, im Hünenland,
wohnen die Bublungen, Atli und seine Schwester Brunhild.
Sie ist eine kämpfende Hünenjungfrau — und versteht
Zauberkünste. Sigurd aus dem edlen Geschlecht der Leuch-
tenden — gleichfalls aus dem Hünengeschlecht — der seine
früheste Jugend in Verborgenheit — zugebracht — besiegt

die Hünenjungfrau. Sie lehrt ihn Runen und Zauberei, und sie verbinden sich durch feierliches Gelöbnis. Nun geht der Dummklare dem über ihm waltenden Schicksal — entgegen. Er gewinnt den Hort, indem er die Dämonen, Drachen, die ihn bewachen, besiegt und sich unterwirft und kommt nun zu den Nibelungen. Die mit dem Hort gewonnene Macht entrückt ihn seinen vorigen Verhältnissen, er vergißt Brunhild und vermählt sich mit der schöneren Kriemhild. — Günther wünscht sich mit Brunhild zu verbinden. Da sie weiß, daß Sigurd allein durch die Feuerflamme bringen kann und stärker ist, als sie selbst, ergiebt sie sich ihm, und wie sie ihre Jungfrauschaft verloren hat, ist auch ihre Kraft dahin. Aber durch Vertauschung der Gestalt trügt er sie und überliefert sie dem Günther. Der Betrug enthüllt sich beim Waschen am Fluß. Brunhild reizt die Giukungen, den Sigurd zu ermorden, um nicht dessen Mannen zu sein und um den Schatz zu haben. Kriemhild erlangt Sühne und verbindet sich mit Atli, der jetzt den Hort verlangt. Herausforderung der Giukungen. Übergang über den Fluß, der das Hünenland trennt. Zeichen dabei und Verkündigung des Schicksals. Kriemhild kämpft für ihre Brüder. Verderben beider Geschlechter."

Jakob äußert sich gegen Lachmanns Nibelungenliedtheorie entschieden erst in den dreißiger Jahren, ohne daß in dem freundschaftlichen Verhältnis beider großen Germanisten irgend eine Erkaltung erfolgte, und zwar spricht er in einem Briefe vom 24. Februar 1836 folgende Bedenken aus: „Über Ihre Herausfindung der zwanzig Lieder, über Ihre Kritik der einzelnen, echten und unechten Strophen habe ich noch kein vollständiges und festes Urteil. Sie behandeln alles so fein, daß man auch über seine Überzeugung hinaus Ihnen zu

glauben oder zuzugeben geneigt sein wird. Manche Einwen=
dungen, sowohl zu Gebote stehende, als heimliche, unent=
wickelte, werden dadurch nicht bewältigt sein, ein Verdienst
des Buches ist aber selbst, die Gegengründe erst rege zu
machen. Im ganzen läßt sich vielleicht sagen, daß Sie von
einem zu fleckenlosen und tugendhaften Epos ausgehen; daß
auch das gelungene und gesunde Epos, wie alles Menschen=
werk, Schwächen und Widersprechendes in sich enthalten kann.
Warum soll vieles unecht sein, was weniger gut ist? Das
Fortwachsen der Dichtung kann ihr abbrechen und sie fördern.
Sehr schwer scheint es mir, den Punkt festzusetzen, bis zu
welchem es gestiegen, von welchem an es gesunken ist. Die
dichtende Thätigkeit, welche Fallen und Steigen bewirkt, ist
hier fast ununterscheidbar und dieselbe. Etwas anderes ist,
Einschaltungen erkennen und sie für unepisch erklären; ich
würde mich in diesem sehr mäßigen, jenes aber im freisten
Spielraum gestatten. — — Unser Ganzes, unsere Sammlung
(von 1210) ist, wie Sie nachweisen, aus Volksliedern ge=
worden, mehrere Volkslieder werden aber neben einander
gelaufen sein, ungefähr in Weise der drei dänischen Lieder
von Grimild; solche epische Varianten zu scheiden von den
halbgelehrten Einschaltungen kommt mir außerordentlich schwer
vor im einzelnen.“

In noch gesteigertem Grade wiederholte Jakob Grimm
diese Bedenken in einer Rede, die er 1851 in der preußischen
Akademie der Wissenschaften zu Ehren Lachmanns, der in
diesem Jahre verschieden war, hielt; hatte er doch die Ent=
deckung gemacht, daß dieser seine zwanzig Einzellieder „auf
die Siebenzahl gebaut hat, welche Künstlichkeit außerdem
zwingt, sein System zu verwerfen.“

Vielfach wird diese Rede als Beginn des Streites um

die Entstehung des Nibelungenliedes betrachtet. Meines Er=
achtens ist das falsch. Aus dem Briefwechsel der Brüder
Grimm mit Lachmann geht hervor: Erstens, dessen Theorie
von den Einzelliedern haben jene nie beigepflichtet, sondern stets
widersprochen. — Zweitens, dieser Widerspruch erfolgte aus
rein sachlichen Gründen, höchst wahrscheinlich sehr ungern,
da alle drei in dem denkbar freundschaftlichsten Verhältnis zu
einander standen, das die Form des Widerspruchs milderte.
— Drittens, zuerst widersprach Wilhelm am entschiedensten;
denn der Kern seiner Ansichten von 1820 und 1821 ist:
Vor oder neben den Einzelliedern gab es ein die ganze Sage
umfassendes Gedicht. Das uns überlieferte deutsche Nibe=
lungenlied ist im wesentlichen ein Ganzes aus einem Gusse.
Ja, Wilhelm stellt sogar den Inhalt eines älteren deutschen
Nibelungenliedes fest, der abgesehen von dem Fehlen Dietrichs
der Hauptsache nach dem des erhaltenen entspricht. Nun
fällt aber Wilhelms Widerspruch mehr als der Jakobs ins
Gewicht, da er in dieser Frage, sozusagen, mehr Fachmann
ist. Denn Wilhelm Grimm ist der erste, der durch seine
deutsche Heldensage auch in der Nibelungenforschung einen
festen, unzerstörbaren Grund gelegt hat. Bekanntlich pflichtete
Uhland ebenfalls Lachmann nicht bei, und so hatte denn
der größte Kritiker jener Zeit das eigentümliche Schicksal, daß
von den Zeitgenossen der größte Germanist, der größte Sagen=
kenner und der größte Dichter der romantischen Schule seine
wichtigste Hypothese verwarfen.

X.

Jakob Grimm und das deutsche Recht.

Zwar hatte Jakob Grimm aus Abneigung vor dem in dem damaligen Königreich Westfalen herrschenden französischen Rechte die juristische Laufbahn aufgegeben, aber unter den Rechtsforschern hat er sich gleichwohl eine hervorragende Stellung errungen.

1815 bis 1817 veröffentlichte er die ersten Ergebnisse seiner juristischen Studien in der Zeitschrift für geschichtliche Rechtswissenschaft. Am bedeutendsten ist der Aufsatz: „Von der Poesie im Recht", der Ähnlichkeit mit Savignys Rechtsauffassung verrät und die Behauptung enthält: das Recht sei poetisch. Poesie und Recht seien aus einem Bette miteinander aufgestanden; denn wie das alte Epos, so enthalte das Recht eine unausscheidbare Mischung mythischer und irdischer Stoffe. Wie der Sänger, so verwalte auch der Richter Volksgut. Recht und Poesie habe mit den Sitten und Festen des Volkes einen innigen Zusammenhang und berühren sich in der Sprache; denn die Rechtssatzungen haben ursprünglich poetische Form, poetisch seien auch die alten Rechtsgebräuche, sowie der hohe sittliche Charakter des alten deutschen Rechts.

Ungefähr zehn Jahre später wandte sich sein Forschergeist wieder dem altdeutschen Rechte zu. Die Frucht seiner For-

schungen waren seine 1828 erscheinenden Deutschen Rechts=
altertümer. Sie fußten zwar auf Vorarbeiten, die Heineccius,
Grupen, Dreyer, Haltaus, Bodmann und Kindlinger seit dem
18. Jahrhundert geliefert hatten; aber diese hatten nur wichtige
Einzelheiten zusammengetragen. Erst Jakob Grimm formte
hieraus vermöge seines meisterhaften Geschicks, durch Verbin=
dung der geringfügigsten Nebensachen zur Erkenntnis der Haupt=
sachen zu gelangen und vermöge seiner Beherrschung der alt=
deutschen Sprache ein einheitliches Ganze. Die frühern Ver=
suche derart waren meistens daran gescheitert, daß sie Rechts=
altertümer und Rechtsgeschichte vermengten. Das erkannte
Grimm und schloß die Rechtsgeschichte, sowie die Staatsver=
fassungsgeschichte ganz von seinem Werke aus. Auch wollte
er darin ausschließlich das Alte betrachten und dieses vor=
wiegend aus sich selbst und nur aushilfsweise aus dem Jüngern
erklären. Vor allem kam es ihm aber darauf an, vom Rechte
das Sichtbare und Anschauliche darzustellen: die Rechtsge=
bräuche, die bei der Rechtspflege beobachteten symbolischen
Handlungen und die übliche Sprechweise, sowie die festen
Rechtsformeln. Hierfür boten ihm die von seinen Vorgängern
als Quellen benutzten offiziellen juristischen Aufzeichnungen nur
dürftigen Stoff; dagegen strömte ihm dieser reichlich aus den
selbständigen Rechtsaufzeichnungen der Bauern zu, die man
Weistümer nennt, und von denen schon Kindlinger Gebrauch
gemacht hatte, ferner aus den im altdeutschen Schrifttum zer=
streut vorkommenden Rechtssprichwörtern und beiläufigen Schil=
derungen juristischer Handlungen. So behandelt er hinter
einander das Standesrecht, das Familien= und Erbrecht, das
Sachen= und Obligationenrecht, das Strafrecht und den Prozeß;
und zwar bietet er uns dabei keine zugespitzten juristischen
Begriffe und kahlen Kategorien, sondern lebenswarme Bilder

von den Sachen selbst, in denen das Rechtsgefühl und das
Rechtsleben unsrer Vorfahren anschaulich gezeichnet wird. Und
ähnlich wie sich seine Grammatik zu einer vergleichenden Sprach=
geschichte gestaltete, so seine Rechtsaltertümer zu einer ver=
gleichenden Rechtswissenschaft; denn sein Blick schweift, nach
Ähnlichkeiten suchend, nicht bloß oft zu andern germanischen
Völkern hinüber, sondern auch zu andern indogermanischen,
wie zu den Indern, Kelten, Griechen und Römern. Und
wenn er auch beklagt, daß Christentum und römisches Recht
die selbständige Entwicklung unsers volkstümlichen Rechts ge=
stört und so den wahren Wert seiner sinnlichen und sittlichen
Grundlagen verdunkelt hätten, wenn er auch für die geistige
Verdumpfung unsrer Bauern hauptsächlich dem römischen Rechte,
das sie von allen öffentlichen Geschäften ausschloß, die Schuld
giebt, wenn er auch den Juristen vorwirft, sie hätten den
vaterländischen Stoff verachtet, die fremden Formen aber nicht
vollständig begriffen und wären dadurch in Erschlaffung und
nüchternes Gesetzgeben geraten, so erscheinen ihm doch alt=
deutsches und römisches Recht keineswegs als unüberbrückbare
Gegensätze, und eine gänzliche Verbannung des römischen Rechts
aus der deutschen Gesetzgebung als ein ebenso unerträglicher
Purismus, als wenn etwa die Engländer alle romanischen
Wörter aus ihrer Sprache ausschließen wollten. Mag er auch
einen Mangel an modernem Rechtsbewußtsein darin verraten,
daß ihm die Verdrängung der langsamen und ausführlichen
alten symbolischen Handlungen durch den neuern, strafferen
und schnellern Rechtsgang schmerzt und ihm die alten ver=
stümmelnden Leibesstrafen mit unsern Gefängnisstrafen ver=
glichen beinahe als mild erscheinen, so zeigt er sich doch durch
das ganze Werk hindurch als warmen Volksfreund auch den
untersten Schichten gegenüber. Und hat er wirklich Unrecht,

wenn er der alten Hörigkeit vor dem Zustande der Fabrik=
arbeiter seiner Zeit den Vorzug giebt?

Für die Erkenntnis der großen Tragweite seines Werkes
war die Zeit nicht reif. Zwar wurde Grimm von zwei
Universitäten, 1828 von der Berliner und 1829 von der
Breslauer, zum Doktor beider Rechte ernannt, wie auch von
dem Professor Eichhorn, einem der hervorragendsten damaligen
Rechtsgelehrten, in den Göttinger Gelehrten Anzeigen sehr
gepriesen; aber das geschah doch hauptsächlich wegen der
Vorteile, die ihm seine Beherrschung der altdeutschen Sprache
geboten habe. Grimm selbst schreibt hierüber an Lachmann:
„Merkwürdig ist mir, daß Männer wie Eichhorn nicht mehr
darüber und dawider zu sagen wissen: ein Beweis, wie das
Fach noch bestellt ist, und woher sich auch das Lob erklärt,
das mir die Germanisten halb wider Willen erteilen. Tadeln
will ich mein Buch schon selbst am schärfsten dadurch, daß
ich bei einer Umarbeitung wenig bestehen lassen werde."
Leider kam es nicht zu dieser Umarbeitung, sondern nur 1854
zu einem Neudruck.

Der bedeutendste Lobredner der Grimmschen Rechtsalter=
tümer ist Uhland geworden. Er sprach 1846 auf der Frank=
furter Germanistenversammlung von dem „Goldfaden der
Poesie", den Grimm selbst „in der Wissenschaft, die man
sonst als eine trockne zu betrachten pflegt, im deutschen Rechte,
gesponnen" habe. Er zog auch die Folgerungen aus der
Grimmschen Schrift und forderte wiederholt für das deutsche
Volk das alte deutsche Recht zurück. Und wenn sich jetzt das
ganze deutsche Volk der aus Laien gebildeten Geschwornen=
gerichte sowie des öffentlichen und mündlichen Rechtsver=
fahrens erfreut, wenn unsre Rechtsgelehrten nach der Wieder=
aufrichtung des neuen deutschen Kaiserreichs angefangen haben,

in diesem Reiche das Recht nicht bloß einheitlich, sondern
auch deutscher zu gestalten, indem sie die römischen Satzungen
dem deutschen Volkscharakter und Volksbrauche mehr an-
paßten, so vor allem im Ehe- und Familienrecht, so ist uns
hier eine Saat aufgegangen, die Grimm gesät hat. Dem
deutschen Volke und den deutschen Rechtsgelehrten mußte sein
altes deutsches Recht wieder lebendig vor Augen gestellt
werden, nicht um selbst wieder lebendig zu werden, sondern
um dem entlehnten römischen das von seinem Geiste einzu-
hauchen, was von bleibendem Werte ist. Auch später hat
Grimm für das deutsche Recht weiter gearbeitet. Bei Abfassung seiner Rechtsaltertümer hatte er sich hauptsächlich auf
die Weistümer gestützt; doch waren ihm davon verhältnis-
mäßig wenig zur Hand gewesen. Als er ihren Reichtum zu
ahnen begann, machte er sich daran, sie zu sammeln, und so
erschien von ihm von 1840 bis 1863 in vier Bänden eine
Sammlung deutscher Weistümer. Nach seinem Tode haben
dann Maurer und Schröder drei weitere Bände hinzugefügt.
Diese Sammlung gilt noch jetzt als ein Quellenwerk ersten
Ranges für die Geschichte des deutschen Rechts.

XI

Reinhart Fuchs und Vridanks Bescheidenheit.

In Göttingen griff auch Jakob auf einen schon 1812 angezeigten Plan zurück, die Tiersage „Reinhart Fuchs" zu bearbeiten. Die äußere Veranlassung dazu gab Mones Bearbeitung des lateinischen Reinardus. Den 1. August 1832 teilte er Lachmann sein Vorhaben mit, den 5. September die Grundgedanken des beabsichtigten Werkes, und am 19. Dezember 1833 schrieb er zu dem vollendeten die Vorrede. Den Hauptinhalt dieses Buches bilden mittel=hochdeutsche, mittelniederländische und lateinische Gedichte, welche die Tiersage zum Gegenstand haben; dieselbe aber erklärt Jakob Grimm in der Einleitung als ein uraltes Erzeugnis der Volkspoesie und schließt aus der Übereinstimmung indischer, griechischer und deutscher Fabeln auf ein indogermanisches Tierepos, dessen Haupthelden Fuchs und Wolf gewesen seien. Daß er darin geirrt hat, daß die Tiersagen Kunstdichtungen und die ältesten Gedichte von Wolf und Fuchs nicht hinter dem 10. Jahrhunderte zurückliegen können, haben spätere For=schungen überzeugend nachgewiesen. Auch hinsichtlich der Text=kritik, die er in dieser Ausgabe ausgeübt hat, bestätigt sich das, was er selbst von sich sagt: „Texte herauszugeben, dazu

werde ich wohl wenig taugen, ich bin entweder zu leicht zufrieden mit den Lesarten, die ich finde, oder habe zu wenig
Respekt davor." — Wiewohl demnach jetzt „Reinhart Fuchs"
als Jakob Grimms schwächstes Werk gilt, so enthält es doch
viel Wertvolles über Tiersage und Tierfabeln. Eine Fort-
setzung seiner Studien über die Tiersage bot das 1840
veröffentlichte „Sendschreiben an Karl Lachmann über
Reinhart Fuchs", worin er die Auffindung eines älteren
Gedichtes dieses Titels mitteilte.

In demselben Jahre wie Reinhart Fuchs 1834 erschien
auch endlich Wilhelms Ausgabe von Bribankes (Frei-
bankes) Bescheidenheit, an der er so lange gearbeitet hatte.
Es gilt dies Werk, welches Betrachtungen über die mannig-
faltigsten Lebensverhältnisse enthält und von Vilmar das Epos
deutscher Volksweisheit genannt wurde (vergl. S. 28), für das
beste mittelhochdeutsche Lehrgedicht. Wilhelms Ausgabe erlebte
nach seinem Tode 1860 eine neue Auflage; doch seine Annahme, daß die „Bescheidenheit" ein Werk Walthers von der
Vogelweide sei, wurde von Pfeiffer 1861 gründlich widerlegt.
Später kam Wilhelm Grimm auf den einst mit so großer
Wärme behandelten Freibank wieder zurück und veröffentlichte darüber 1850 in den Abhandlungen der Akademie und
als Einzeldruck eine Untersuchung, der 1851 und 1855 Nachträge folgten.

1836 gab er auch die beiden Rosengärten, zwei wenig
bedeutende volkstümliche Heldengedichte, heraus, 1838 das
Rolandslied des Pfaffen Konrad, dem Sagenkreise Karls des
Großen angehörig, 1839 Wernher vom Niederrhein, 1840 die
golbene Schmiede Konrads von Würzburg und 1841 dessen
Sylvester.

XII.

Jakobs Mythologie.

Schon in der Vorrede zu seinen Rechtsaltertümern hatte
Jakob Grimm die Absicht erkennen lassen, in besonderen Werken seine Sammlungen über die Geschichte
des heidnischen Glaubens, der Feste, der Trachten, der Bau-
art und der Ackerbestellung der Deutschen zu verarbeiten.
Verwirklicht wurde diese Absicht nur für den altheidnischen
Glauben unserer Vorfahren. Hierfür hatten schon Eckhart,
Rühs und Mone aus den Angaben griechischer und römi-
scher Schriftsteller, aus den mittelalterlichen Quellenschriften,
aus den heidnischen Überbleibseln im Volksglauben und der
uns genau überlieferten Religion der germanischen Völker auf
der skandinavischen Halbinsel manches erschlossen; besonders
letzterer ist auf diesem Gebiete durch seine 1822 erschienene
Geschichte des Heidentums im nördlichen Europa als ein
nicht unbedeutender Vorgänger Jakob Grimms zu betrachten.
Allein auch er ward durch diesen gewaltig in den Schatten
gestellt. Jakob Grimm machte den 18. Juli 1832 die erste
Mitteilung von seinem Vorhaben, eine deutsche Mythologie zu schreiben, in der er ganz die nordische ausschließen
will. Trotz des von seinen Vorgängern Geleisteten fing er
seine Untersuchungen ganz von neuem an. Aus den Sagen

und Märchen, dem einheimischen und fremden Aberglauben, ferner aus den Stammtafeln der Angelsachsen, in denen Götter als Ahnherren der Könige aufgeführt werden, gewann er sein Quellenmaterial. Trotz der ungeheuren Masse von Stoff, der zu bezwingen war, konnte der Druck bereits Juli 1834 beginnen; beendet war er im Oktober 1835. An Lachmann schrieb er darüber: „Ich bin zufrieden, wenn das Buch einiges Gute und Neue enthält, was angewachsen ist und weiter fortwachsen kann. Meine Beharrlichkeit, einen vorgenommenen Stoff durchzuarbeiten, mag einige Vorteile, aber auch Gefahr bringen. Es geht zwar nicht leicht etwas verloren, aber Ungehöriges kann auch herbeigezwängt worden sein. Das Ganze überschaue ich gewöhnlich erst am Schluß, und wie die Dinge jetzt stehen, scheint es mir wenigstens nicht zur Unzeit, daß ich hervorgetreten bin: ex ingenio suo quisque demat vel addat fidem." — Die Einleitung geht von der Verdrängung des Heidentums durch das Christentum in Europa aus. Die altnordische Religion wird mit der altdeutschen verglichen, darauf über die Benennung der Gottheit, über Opfer, Tempel und Priester, über die einzelnen deutschen Götter und niederen mythischen Wesen, wie über den einäugigen Wodam, den rotbärtigen Donner, über Frau Holda und Frau Berchta, über die Schwanenjungfrauen und die Waldfrauen, über die Nixen, Kobolde, Elfen, Riesen und Zwerge, sowie über die Schicksale der Seelen nach dem Tode gehandelt, wobei auch des wilden Jägers und der in Zauberschlaf versenkten großen Kaiser, Karls des Großen und Friedrich Rotbarts, gedacht wird. Hierauf folgen die bösen Geister, Hexen und Zauberer. Jakob Grimm gelangte zu dem Schlusse, daß unsere deutsche Mythologie die Mitte zwischen der nordischen und der keltischen hält, und zerstreute die Ver=

bächtigungen, welche gegen die mythologischen Darstellungen des Tacitus und der Edda vor ihm ausgesprochen worden waren. Mit großer Begeisterung ward Jakob Grimms „Deutsche Mythologie" hingenommen und regte viele andere zu ähnlichen Forschungen und Arbeiten an, besonders zu Sammlungen von Sagen, Märchen und Überresten ehemaliger Götterdienste; auch erschienen 1844 und 1854 zwei weitere Ausgaben; würdige ihn teils berichtigende, teils ergänzende Nachfolger fand aber Jakob Grimm erst in Wilhelm Mannhardt, der sich durch seine Sammlungen von Volksüberlieferungen besonders verdient gemacht hat, und in Karl Müllenhoff, der hauptsächlich aus der älteren germanischen Poesie die altheidnische Götterlehre aufhellte, während E. H. Meyer Jakob Grimms Werk 1875 bis 1878 neu herausgab. Aber auch auf die Dichtkunst und die bildenden Künste wirkte die „Deutsche Mythologie" höchst anregend, wie Paul Graffs Dichtung „Ein Göttermärchen", des jüngern Hölty „Bilder und Balladen", Engelhards Eddafries in der Marienburg bei Hannover und Ewalds Gemälde in der Querhalle der Königlichen Nationalgalerie zu Berlin bekunden.

1836 veranstaltete Jakob Grimm auch eine Ausgabe von „Taciti Germania", auf welches Werk sich vielfach seine Mythologie stützt, 1840 eine der zwei angelsächsischen Legenden „Andreas" und „Elene", wobei er zeigte, wie in denselben vom altdeutschen Volksepos her die Formelhaftigkeit gewahrt sei, so daß man von ihnen Rückschlüsse auf die uralte deutsche heidnische Poesie machen könne. „Das Vermögen der Sprache," sagt er, „den nationalen Stil der Dichtkunst erkennen lassen uns nur die angelsächsischen und altnordischen Lieder, jene weil sie dessen älteste, diese weil sie eine noch heidnische Auffassung sind. — Wir sinnen und trachten gern über die Vergangenheit. Wenn im

Frühling die höher steigende Sonne aus der winterkalten
Erde Gräser, Halme, Blätter treibt, so hegt im Herbst der
Boden zwar noch Wärme des Sommers, aber Spitzen und
Wipfel beginnen erkaltend abzuwelken. Dann geschieht es,
daß das grüne Laub einiger Bäume, von dem letzten Falben,
seine Farbe wechselt und in Röte übergeht. Solch ein Herbstes-
aussehn hat mir die im Heidentum wurzelnde angelsächsische
Dichtung: nicht ohne matten Widerschein setzt sie ihr Säfte
noch einmal um und verkündet ihren nahen Tod."

XIII

Das Wörterbuch.

Auch für die wissenschaftliche Thätigkeit der beiden Brüder ward ihre Ausweisung aus Göttingen von großer Bedeutung, veranlaßte sie doch ihr größtes gemeinsames Werk, das ein würdiges Seitenstück zur Jakobs Grammatik ist, ihr deutsches Wörterbuch. Schon lange hatte man in Deutschland den Wunsch nach einem großen deutschen Wörterbuche gehegt. J. G. Eckhart und Friedrich Nicolai hatten jeder den Plan zu einem solchen gefaßt, ohne aber Hand an die Ausführung zu legen; namentlich zeigt der Nikolais mit dem von den Brüdern Grimm in ihrem Wörterbuch verwirklichten sehr viel Ähnlichkeit. Als nun diese ihrer Ämter entsetzt waren, machte der Leipziger Buchhändler Karl Reimer ihnen das Anerbieten, in seinem Verlag ein großes deutsches Wörterbuch herauszugeben, wobei ihn neben buchhändlerischen Rücksichten die edle Absicht leitete, die überzeugungstreuen Gelehrten durch ein reichliches Honorar der Nahrungssorgen zu entheben. Das Wörterbuch ist also das erste Werk, zu dem die Brüder Grimm nicht ihr eigener innerer Forschertrieb, sondern eine Aufforderung von fremder Seite bewog. Zwar

8*

sträubte sich zunächst ihre ideale Lebensanschauung gegen den
Gedanken, ein Werk gewissermaßen auf Bestellung, wie ehren=
voll dieselbe auch war, zu schreiben, besonders weil dadurch
die Ausführung schon gefaßter eigener Pläne gehemmt wurde;
doch mit der Zeit mochte ihnen die Abfassung eines deutschen
Wörterbuches als eine ihnen vom deutschen Volke selbst ge=
stellte Aufgabe erscheinen, und schon am 24. August 1838
schrieb Jakob an Lachmann: „Wir haben den ernsten Willen
und Lust dazu gefaßt. Dabei wollen wir bleiben und uns
die Welt so viel nur möglich weiter gar nicht anfechten lassen.
Das Wörterbuch kann uns Stütze und Unabhängigkeit ge=
währen und kommt die Arbeit in Gang und Gelingen, so
entsage ich jeder noch so ehrenvollen Anstellung und widme
dem Werke alle meine Kräfte.“ Gleichzeitig teilt er auch dem
Freunde den für ihr großes Werk gefaßten Plan mit, nach
dem alle Wörter des 16ten, 17ten und 18ten Jahrhunderts
Aufnahme finden sollten. Hierzu bemerkt er: „Es sind jetzt
schon Ausdrücke und Bedeutungen außer Gebrauch, die noch
bei Lessing und Wieland galten, geschweige frühere. Aber,
ich meine, alle Wörter von Schönheit und Kraft seit
Luthers Zeit dürfen zur rechten Stunde wieder her=
vorgeholt werden. Das soll als Erfolg und Wirkung des
Wörterbuches bedacht werden, daß die Schriftsteller daraus
den Reichtum der vollkommen anwendbaren Sprache
ersehen und lernen. Viele neueren Schriftsteller, z. B.
Schiller (nicht Goethe, auch Lessing nicht) erscheinen mir in
gewissem Betracht und abgesehen von ihren neuen Erfindungen,
wortarm und unserer Sprache nicht recht mächtig. Das gilt
auch von einem gedankenreichen Autor wie Jean Paul, der
sich so ziemlich mit den gewöhnlichen Wörtern behilft. Neu=
backene Ausdrücke, wie bei Schiller, Voß, Klopstock in Menge,

find weit mehr Zusammensetzungen und Ableitungen, als seltene Simplicia oder seltene Bedeutungen. So wird sich auch bei den Schlegel und Tieck kaum viel darbieten, was nicht schon die Konversation hätte. Ist einmal der übrige Wortstoff beisammen, so könnte man sogar noch Uhland, Rückert, Platen durchlaufen und würde aus ihnen wenig zuzusehen haben. Aber das 17te und 16te Jahrhundert liefern ungeheuer viel: sogar ungenießbare Autoren, die nie wieder gelesen werden, wie Lohenstein, können sehr gute Wörter haben und brauchbare Redensarten, worauf hauptsächlich zu achten ist. Luther und Fischart sollen fürs 16te Jahrhundert die Hauptautoren sein, bei dem letzteren müsse man scheiden zwischen dem, was er der Sprache zumute, und dem in ihr bereits Vorhandenen, worüber er auch mächtig herrsche. Aus Dialekten solle nur aufgenommen werden, was ein Schriftsteller gebrauche. — Von obscönen Wörtern werde nur zulässig sein, was die Schriftsteller im Affekt nicht einmal entbehren können. Alles dessen ein guter Komiker bedürfte." Jakob Grimm schließt: „Das Werk soll in sich begreifen alles, was die hochdeutsche Sprache vermag, nach der Ausprägung, der ihr in drei Jahrhunderten durch Dichter und tüchtige Schriftsteller widerfahren ist." — Die Fremdwörter wurden vollständig ausgeschlossen.

Doch schon am 20. September 1838 teilt er Lachmann mit, daß der ursprüngliche Plan dahin erweitert worden sei, daß auch Erläuterungen aus der älteren Sprache, Etymologien (Wortableitungen und -erklärungen) mit Aufnahme finden sollen. Durch derartiges sprachvergleichendes Beiwerk fühlte Jakob Grimm sich wieder in seinem Element und räumte ihm, besonders durch Zurückgreifen auf das Indogermanische, mehr Raum ein, als ursprünglich beabsichtigt

war. Wie dankenswert dies nun auch für wissenschaftliche
Arbeiten ist, der eigentliche Zweck des Wörterbuches, der dahin
ging, das deutsche Volk über seine Sprache zu belehren, ist
dadurch etwas beeinträchtigt worden, und es ist schwer, daraus
die mustergiltige Form eines Wortes zu erkennen; denn die
Brüder Grimm wollen weniger feststellen, welche Form im
gegebenen Falle richtig ist, als vielmehr den großen Wort-
und Formenreichtum der deutschen Sprache dem deutschen
Volke vorführen. So dient — und das war bei der ganzen
Natur der Brüder Grimm fast zu erwarten — ihr Wörterbuch mehr dem idealen als dem praktischen Bedürfnis, so daß
dem stürmischen Jubel, mit welchem die 1. Mai 1852 erscheinende Lieferung begrüßt wurde, bei manchen etwas Ent-
täuschung folgte. Die Brüder Grimm haben diese großartige
Ruhmeshalle unserer Sprache nur zum kleinen Teil ausführen
können. Jakob hat die Buchstaben A, B, C und E vollständig sowie F bis Frucht und Wilhelm den Buchstaben D
bearbeitet; dann rief sie der Tod vom Baue ab. Doch in
Hildebrand, Weigand und Lexer, die leider auch schon verschieden sind, in Heyne und anderen erstanden ihnen würdige
Nachfolger. Gleichwohl ist das große Nationalwerk noch
nicht vollendet; denn durchschnittlich füllt jeder einzelne Buch-
stabe einen stattlichen Band. Auf die Erforschung der deutschen
Sprache hat es ungemein anregend eingewirkt und eine statt-
liche Anzahl von kleineren Wörterbüchern hervorgerufen, die
den verschiedenartigen Bedürfnissen gerecht zu werden suchen.

XIV

Der Berliner Aufenthalt.

In Berlin wurde bald Wilhelm Grimm, der bis dahin nur korrespondierendes Mitglied der Akademie gewesen war, zum ordentlichen gewählt, und nun hatte er gleich Jakob das Recht, Vorlesungen an der Universität zu halten; verpflichtet dazu war aber keiner von beiden. Jakob hat auch nur bis Sommer 1848, Wilhelm bis Sommer 1852 gelesen und zwar ersterer über deutsche Rechtsaltertümer, Mythologie, Grammatik und über die Germania des römischen Schriftstellers Tacitus, letzterer nur über mittelhochdeutsche Gedichte; die Einleitungen zu den Vorlesungen über Gudrun und über Hartmanns Erek, sowie seine Antrittsrede in der Berliner Akademie sind erst nach seinem Tode gedruckt worden. Schon am 6. September 1841 schrieb Jakob an Gervinus: „Bei den Vorbereitungen merke ich, wie viel mehr meiner Natur stilles Ausarbeiten zusagt, als öffentliche Mitteilung oben abgeschöpfter Resultate. Ich meine von Haus aus oder durch lange Verwöhnung für den Zellenfleiß gemacht zu sein." Gleichwohl war auch später Jakob Grimm stets bereit, Anfänger auf dem germanistischen Gebiete durch seinen Zuspruch zu ermuntern und mit Rat und That zu fördern. Lieber als das Wirken an der Universität waren ihm die gemeinsamen Sitzungen der akademischen Mitglieder, und er kam jetzt ganz von seiner frühern Voreingenommenheit gegen wissenschaftliche Akademien zurück. Dazu trug wohl viel mit bei, daß in der Berliner Akademie bereits der Brüder Grimm alter Lehrer Savigny und ihr alter Freund Lachmann waren, obgleich nach Jakobs Äußerung an Gervinus vom 9. April 1851 ihr „brieflicher Verkehr wärmer als der persönliche nachher" war; auch mit anderen Mitgliedern derselben, vor allem mit Alexander von Humboldt und Eduard Gerhard wurden sie bald vertrauter.

Außerhalb der Akademie trat ihnen besonders von Meusebach, der größte Kenner der deutschen Litteratur des 16ten und 17ten Jahrhunderts, näher, und auch Bettina von Arnim bewahrte ihnen ihre begeisterte Freundschaft. — Leider erkrankte Wilhelm 1842 wieder bedenklich. Trotz der gewaltigen Aufgabe, welche die Brüder Grimm im Wörterbuch sich gestellt hatten, waren sie in den 40er und 50er Jahren dieses Jahrhunderts an kleineren germanistischen Abhandlungen ungemein fruchtbar. In den ersten 8 Bänden der von Haupt herausgegebenen Zeitschrift für deutsches Altertum, die während der Jahre 1841 bis 51 herauskommen, erscheint Jakob als regelmäßiger und fleißiger Mitarbeiter. Von ganz besonderer Wichtigkeit ist sein Aufsatz von 1842 „Zu den Merseburger Gedichten". Es sind dies in Merseburg aufgefundene Zaubersprüche, deren Entstehung in die altdeutsche Heidenzeit zurückreicht, da noch heidnische Götternamen in dem einen genannt werden. „Auf jeden Fall wird dadurch," schrieb Jakob den 16. März an Gervinus, „der Zweifel an der allgemeinern Ausbreitung des Systems von Göttern, das wir nordische Mythologie nennen, abgeschnitten."

Auch aus Wilhelms Feder enthalten der 1te, 2te, 3te, 5te und 6te Band mehrere Aufsätze; regelmäßig ist dies vom 9ten, der 1853 herauskam, bis zum 12ten, der erst 1865 abgeschlossen wurde, der Fall. 1841 brachte auch die Zeitschrift für deutsches Recht von Reyscher einen Aufsatz von Jakob Grimm, während von letzterem in den Jahr=büchern für wissenschaftliche Kritik 1841, 1843 und 1844 Rezensionen und dergleichen erschienen. Die wert=vollsten kleineren Arbeiten der Brüder Grimm aus jener Zeit enthalten aber wohl die Jahrgänge 1842 bis 1859 der Ab=handlungen der Königlichen Akademie der Wissen=schaften zu Berlin; es sind dies zum großen Teil in der Akademie gehaltene Reden. Die wichtigsten davon werden später noch namentlich angeführt werden.

1842 schrieb Jakob zu Ehren Beneckes „Frau Aventiure klopft an Benecke's Thür, während von Wilhelm in den Abhandlungen der Akademie zu Berlin und auch einzeln eine gelehrte Untersuchung über „die Sage vom Ursprung der Christusbilder" erschien, ferner 1843 im Berliner Taschenbuch das Märchen vom Meister Pfriem.

Jakob, bei dem sich ähnliche Beschwerden wie bei Wilhelm einstellten, mußte in dieser Zeit seine gelehrte Thätigkeit auf ärztlichen Rat mehrfach durch Reisen unterbrechen. So suchte er im August 1843 Italiens milde Lüfte auf und traf in Rom mit dem schon früher erwähnten Kollegen Gerhard und dessen Frau zusammen, mit denen er heitere Tage verlebte. Den folgenden Herbst (1844) bereiste er Dänemark und Schweden, welche Länder für ihn ein besonderes germanistisches Interesse haben mußten. Über beide Reisen sprach er in der Akademie und ließ 1844 einen Bericht in der Zeitschrift für Geschichtswissenschaft

von Schmidt unter dem Titel „Italienische und
skandinavische Eindrücke" erscheinen. Ganz besonders
tiefen Eindruck hatten auf ihn das römische Forum und die
antiken Göttergestalten gemacht; auch die italienische Sprache,
deren Vokalreichtum ihn an das Althochdeutsche erinnerte,
mutete ihn sehr an. Dagegen vermißte er an den italienischen
Dichtern, wie Ariost und Tasso, das Volkstümlich=Naive.

Derselbe Band der Zeitschrift für Geschichtswissenschaft
sowie auch der von 1845 enthalten mehrere Aufsätze Jakob
Grimms die griechische Philologie betreffend und beweisen, wie
auch sein Bericht über Italien, daß er sich für das klassische
Altertum ein warmes Interesse bewahrt hatte. Seit 1845
bis 1862 brachten auch die Monatsberichte der Berliner
Akademie viele Aufsätze und Bücheranzeigen aus Jakob
Grimms Feder. Sogar in dänischer Sprache schrieb er 1845
einen in einem dänischen Blatte „Antiquarisk tidskrift",
während die in der Zeitschrift für die Wissenschaft der Sprache
erscheinende Abhandlung „Über das finnische Epos" be=
kundete, daß dieser große Sprachforscher sich sogar mit dem
Finnischen vertraut gemacht hatte. Seine Vorrede zu Rößlers
deutschen Rechtsdenkmälern zeigte dagegen, daß er auch
das altdeutsche Recht nicht außer Augen gelassen hatte, während
seine Vorrede zu Liebrechts 1846 erscheinenden Übersetzung
von Basilos Pontamerone und ein Aufsatz in Schneide=
wins Philologus philologischer Natur sind.

Wilhelm Grimm gab 1846 wieder ein mittelhochdeutsches
Gedicht heraus „Athis und Prophilias" und zwar in
den Abhandlungen der Akademie, wo auch 1852 ein Nachtrag
folgte. Sein interessanter Vortrag über „deutsche Wörter
für Krieg", den er am 16. Februar in der Akademie hielt,
wurde dagegen erst nach seinem Tode gedruckt.

XV

Politische Thaten und Worte Jakob Grimms.

Wohl hatte Jakob Grimm in den traurigen Zeiten der Franzosenherrschaft seine Forscherarbeit über das deutsche Altertum mit dem Gedanken begonnen, das gesunkene Vaterland dadurch aufrichten zu helfen, ein Mann von politischer Bedeutung wurde er erst durch sein treues Festhalten an dem Eide, den er auf die hannoversche Verfassung geschworen hatte, und durch seine Vertreibung aus Göttingen infolge davon. In allen Gauen Deutschlands wurden Stimmen laut, welche die mutige Männerthat der sieben Göttinger Professoren unumwunden billigten. Und 1840 schreibt Jakob Grimm selbst an Lachmann: „Unsern Schritt habe ich noch keinen Augenblick bereut. Ich bestehe noch immer gut die Probe, wenn ich mich frage, was wohl ein Grieche oder Römer in unserer Lage gethan haben würde? Die Handlung ist mir zur Zeit des Ereignisses viel unbedeutender vorgekommen, aber natürlich und recht; ich glaube auch, daß den Menschen und ganzen Völkern nichts anders frommt, als gerecht und tapfer zu sein: das ist das Fundament der wahren Politik." Dann fährt er aber bedeutsam fort: „Ob eine Frucht oder welche Frucht daraus hervorkommen soll, das liegt in Gottes lenkender Hand; es giebt auch Bäume, die nach Kräften aufwachsen, ohne alle Frucht, und nur in dem Laube grünen und schatten. Dem Gedanken kann ich aber auch nicht wehren, und er macht mich desto demütiger, daß wir vielleicht einen Funken hergegeben haben, ohne den sich ein Feuer des Widerstandes nicht angefacht hätte, das für unser ganzes Vaterland ein Segen wird. Denn die Zukunft unsers Volkes beruht auf einem Gemeingefühl unsrer Ehre und Freiheit.“

Auch auf die äußere Politik hatte er damals ein scharfes Auge. Als die Franzosen lüsternes Verlangen nach dem linken Rheinufer zeigten, schrieb er den 12. November 1840 an Gervinus: „Uns gebührte es nach dem Elsaß zu schreien, nicht ihnen nach dem Rheinufer.“

Fest glaubte Jakob Grimm an Deutschlands Wieder= geburt und war sich auch darüber klar, von welchem Staate sie ausgehen werde. So äußerte er sich den 6. September 1841 gegen Gervinus: „Man muß an die Möglichkeit neuer Kraft= entwicklung glauben, denn von Preußen aus soll und muß doch einmal Deutschland geholfen werden.“ —

Und den 20. April 1847: „Nur eine solche preußische Verfassung wird einmal gelungen heißen dürfen, welcher die Herzen in ganz Deutschland zufliegen; — — daß hier in Preußen Besseres keimt, sollten Sie nicht mißdeuten.“

Bei dieser Wiedergeburt sollte aber nach Jakob Grimms Meinung das ganze Volk thätig sein; dies bezeugen seine am 6. September 1842 an Dahlmann gerichteten Worte: „Eine saubere Politik, die bloß unter den Händen unsrer sogenannten Staatsmänner, ohne Teilnahme der Wissenschaft und des

Publikums gedeihen sollte." Und die Wissenschaft war be=
teiligt an Deutschlands Wiedergeburt. Das zeigte sich auf
den beiden ersten Germanistenversammlungen, die unter Jakob
Grimms Vorsitz die eine 1846 in Frankfurt a. M., die
andere 1847 in Lübeck tagten.

Soweit schon war in jener Zeit die Germanistik zur
selbständigen Wissenschaft unter der Führung der Brüder Grimm
erstarkt, daß sich das Bedürfnis nach Zusammenkünften derjenigen
Männer geltend machte, die sich der Erforschung der deutschen
Sprache, des deutschen Rechtes und der deutschen Geschichte
gewidmet hatten. Die Anregung hierzu ging von Reyscher
in Tübingen aus, die Einladung aber wurde außer von den
Brüdern Grimm noch von Dahlmann, Gervinus, Uhland,
Lachmann, M. Arndt, Ranke und Beseler unterzeichnet. Wie
allgemein in den germanistischen Kreisen Jakob Grimm als
Haupt verehrt wurde, erhellt deutlich daraus, daß er auf
beiden Versammlungen unter begeisterten Zurufen zum Vor=
sitzenden gewählt wurde. Kein geringerer als Uhland hatte
ihn hierzu in Frankfurt vorgeschlagen und zwar mit den
begründenden Worten: als der Mann, in dessen Hand schon
seit so vielen Jahren alle Fäden deutscher Geschichtswissenschaft
zusammenlaufen, von dessen Hand mehrere dieser Fäden zuerst
ausgelaufen sind. In Lübeck aber feierte man ihn als den
Herrscher in drei Reichen, nämlich in der deutschen Sprache,
in dem deutschen Rechte und in der deutschen Geschichte.

Wohl hatten diese Germanistenversammlungen keinen
politischen Zweck im Auge; doch zu innig war die damalige
Germanistik mit der geistigen Entwicklung Deutschlands verknüpft,
zu warm schlug jenen deutschen Forschern das Herz für ihr
deutsches Volk, als daß nicht manches herrliche Wort ge=
sprochen worden wäre, das warme Vaterlandsliebe atmete

und die Hoffnung auf eine mächtige Erstarkung des geeinten Deutschlands bekundete. Vor allem geschah das von Jakob Grimm. Seine tiefe Kenntnis von Deutschlands großer Vergangenheit ließ ihn dessen herrliche Zukunft ahnend schauen. „Wir, aus deren Schoß seit der Völkerwanderung zahllose Heldenstämme nach dem Westen entsandt wurden, auf deren Boden immer die Schlachten der Entscheidung geschlagen, die kühnsten Aufschwünge des Geistes vorbereitet zu werden pflegen, ja wir hegen noch Keime in uns künftiger ungeahnter Entwicklungen." So rief er zuversichtlich in Frankfurt aus, und in Lübeck sank er, nachdem ein Toast auf ihn gehalten worden war, seinem alten Freunde Dahlmann mit der Versicherung in die Arme, er wünsche, daß man von ihm sage, was er selbst von sich sagen dürfe, daß er niemals im Leben etwas mehr geliebt, als sein Vaterland.

Sein Bruder Wilhelm dagegen erstattete in Frankfurt Bericht über ihr großes Nationalwerk „Das deutsche Wörterbuch"; dieser Bericht wurde gleich den Vorträgen Jakobs in den Verhandlungen der Germanisten mit abgedruckt.

Sicherlich haben jene Germanistenversammlungen für die Einigung und Wiederaufrichtung Deutschlands mindestens keine geringere Bedeutung als die deutschen Sänger=, Turner- und Schützenfeste gehabt, ketteten sie doch den deutsch gesinnten geistigen Adel unseres Vaterlandes fester aneinander und lenkten auf ihn die Blicke des deutschen Volkes. Und als im nächsten Jahre endlich das so heiß ersehnte deutsche Parlament in die Paulskirche zu Frankfurt a. M. zusammengerufen wurde, da entsandte jenes eine nicht kleine Anzahl dieser Männer in dasselbe. Nimmt es wunder, daß unter den gewählten Abgeordneten auch der anerkannte Führer der Germanisten, der mutige Verfechter der hannoverschen Ver=

faſſung gegen Fürſtenwillkür war, obgleich er ausdrücklich
erklärt hatte, daß er kein Politiker ſei? Der Wahlkreis
Mühlheim a. d. Ruhr hatte die Ehre, von Jakob Grimm
vertreten zu werden. Seinen großen Pflichteifer und ſeine
unermüdliche Ausdauer bewährte er auch im Parlament. Von
ſeinem Platze aus, der vorn im Mittelgang dicht an der
Rednerbühne war, hörte er mit der größten Aufmerkſamkeit
auch dem mittelmäßigſten Redner zu. Dagegen ergriff er
ſelbſt nicht allzu häufig das Wort; vier größere Reden hat
er gehalten, die im ſtenographiſchen Bericht über die Ver=
handlungen der deutſchen konſtituierenden National=Verſammlung
abgedruckt ſind, nämlich: Über Geſchäftsordnung,
Schleswig=Holſtein, die Grundrechte und den Adel
in der deutſchen Litteratur. Wohl verſtand Jakob
Grimm zu reden, doch die in öffentlichen Verſammlungen ſo
wichtige Gabe des Überredens mangelte ihm. Wenn er aber
ſprach, ſo zeigte ſich ſeine im beſten Sinne des Wortes
konſervative Natur, welche ihn einen gemäßigteren Standpunkt
als ſein Freund Uhland nehmen ließ, und ſein geſchichtlicher
Sinn; die älteſten Stammverwandtſchaften der Germanen
und die ſprachlichen Verhältniſſe wollte er als maßgebend für
die Politik betrachtet und in die deutſchen Grundrechte möglichſt
viel von der Poeſie des altdeutſchen Rechtes aufgenommen
wiſſen. Getreu ſeinem alten Grundſatze, kein Parteimann
ſein zu wollen, ſoll er an Fraktionsverſammlungen nie teil=
genommen haben. Wie klar er aber die allgemeine politiſche
Lage überſchaute, geht daraus hervor, daß er unerſchütterlich
an ſeiner Überzeugung feſthielt, zu Deutſchlands Führung ſei
Preußen berufen.

Auch in der Verſammlung zu Gotha tagte er 1849
mit; und trotz des Scheiterns der deutſchen Einheitspläne

schrieb er den 3. September an E. von Groote die prophetischen Worte: „Wenn alle Leute von der Notwendigkeit deutscher Einheit durchdrungen wären, so stände es längst gut um das geliebte Vaterland; aber sie wird nach den heftigen Geburtswehen, die wir erleben, doch noch ans Licht kommen und dann eine selige Zeit anbrechen."

Höchst interessant ist Jakob Grimms Briefwechsel mit dem dänischen Gelehrten Rafn aus jener Zeit. Diesem schreibt er am 15. Dezember 1848: „Was könnte ich gegen einen Mann haben, der sich mir stets freundlich erwies, dessen Vaterlandsliebe, wie aller Dänen, ich gerecht anerkenne? — Ich habe in der holsteinisch=schleswigischen Sache immer antidänisch gestimmt. — Siegt unsre Einheit, so wird auch die Halbinsel sich gestalten müssen, wie es naturgemäß ist. So wenig sich Dänemark und Schweden in Liefland und Pommern behaupten konnten, wird dänische Herrschaft über die Deutschen in Schleswig=Holstein noch lange dauern. In den großen und kleinen Inseln soll Skandinavien walten und blühen. Schließt es sich brüderlich an Deutschland und ziehen wir die Niederlande, vielleicht später die russischen Ostseeprovinzen in den Bund, so werden wir Slaven und Romanen trotzen." Noch deutlicher spricht er diesen pangermanischen Gedanken am 13. November 1849 aus: „Ich halte eine skandinavische und deutsche Einheit für das Endziel aller patriotischen Wünsche. — Das sind keine Träume, weil sie mich schon in der Gegenwart meines kurzen Lebens mit Mut und Hoffnung ausstatten und fähig machen, dahinaus zu wirken nach meinen Kräften, von woher die Vervollkommnung unserer Zustände eintreten muß."

In seinen „Italienischen und Skandinavischen Eindrücken" tadelte er hinsichtlich Dänemarks scharf die gegen Schleswig=

Holftein geübte Vergewaltigung, hinfichtlich Italiens bezeichnete er die Priefterherrfchaft der Päpfte als unnatürlich und beklagte aufrichtig das Schickfal des italienifchen Volkes; doch verkündete er mit prophetifchem Munde deffen Wiederaufrichtung und feine freundfchaftlichen Beziehungen zu Deutfchland: „Das heutige Italien fühlt fich in Schmach und Erniedrigung liegen: ich las es auf dem Antliß blühender, fchuldlofer Jünglinge. Was auch kommender Zeiten Schoß in fich berge, die Macht, deren Flammen wir noch aufflackern fehen, wird nicht ewig über ihm laften, und wenn Friede und Heil des ganzen Weltteils auf Deutfchlands Stärke und Freiheit beruhen, fo muß fogar diefe durch eine in den Knoten der Politik noch nicht abzufehende, aber dennoch mögliche Wiederherftellung Italiens bedingt erfcheinen."

Das Scheitern aller ftolzen Hoffnungen, die Jakob Grimm mit anderen deutfchen Männern auf das deutfche Parlament gefeßt hatte, die nach den trüben Tagen der Revolution hereinbrechende Reaktion verftimmte ihn tief. So fchreibt er 1858: „Wie oft muß einem das traurige Schickfal unfres Vaterlandes in den Sinn kommen und auf das Herz fallen und das Leben verbittern." — Aber auch im Schmerz verläßt ihn fein heller Blick nicht; denn wenn er fortfährt: „Es ift an gar keine Rettung zu denken, wenn fie nicht durch große Gefahren und Umwälzungen herbeigeführt wird. Es kann nur durch rückfichtslofe Gewalt geholfen werden," wer dächte da nicht an das Blut und Eifen, das 1866 und 1870 das Deutfche Reich zufammengekittet hat! Weil aber damals die deutfchen Regierungen zögerten, die Einigung Deutfchlands felbft in die Hand zu nehmen, da neigte er fich, der im innerften Grunde feines Herzens echt konfervativ und monarchiftifch fühlte, der Demokratie zu. Nur fo find die Worte

zu verstehen: „Je älter ich werde, desto demo=
kratischer gesinnt bin ich. Säße ich nochmals in einer
Nationalversammlung, ich würde viel mehr mit Uhland, Schober
stimmen, denn die Verfassung in das Geleise der bestehenden
Verhältnisse zu zwängen, kann zu keinem Heil führen. Wir
hängen an unsern vielen Errungenschaften und fürchten uns
vor rohem Ausbruch der Gewalt, doch wie klein ist unser
Stolz, wenn ihm keine Größe des Vaterlandes im Hintergrund
steht. In den Wissenschaften ist etwas Unvertilgbares, sie
werden nach jedem Stillstand neu und desto kräftiger aus=
schlagen." — Die meisten Menschen werden im Alter konservativer
gesinnt, bei Jakob Grimm war in Politik und Religion
gerade das Umgekehrte der Fall. —

XVI

Geschichte der deutschen Sprache.

Keineswegs war jedoch Jakob Grimm durch die schwebenden Tagesfragen gänzlich von der Wissenschaft abgezogen worden. Noch 1848 erschien seine 2 Bände umfassende „Geschichte der deutschen Sprache." Hierzu war ihm die Anregung hauptsächlich von zwei Seiten gekommen. Wir haben gesehen, wie er durch seine Grammatik auf die sprachvergleichenden Arbeiten Bopps und Potts von Einfluß gewesen war. Dasselbe gilt von dem grundlegenden Werke „Über die ältesten germanischen Völkerverhältnisse", das der schon als Erforscher des Keltischen erwähnte Zeuß 1837 veröffentlichte. Umgekehrt wirkten nun diese Untersuchungen auf Jakob Grimm ein; auch wollte er auf Grund derselben manches in seiner Grammatik Gesagte ergänzen oder berichtigen. Nach der Einleitung beabsichtigte er, in der Geschichte der deutschen Sprache tiefer, als bis dahin geschehen war, die Geschichte aller germanischen Völker aus dem Quell unserer Sprache zu tränken. Er stellte also die Sprache in den Dienst der Geschichte, um dieser auf Grund jener die Urzeiten der germanischen Völker zu erschließen und so das schon in den Rechtsaltertümern und der Mythologie ent-

9*

worfene Bild von dem Urgermanentum zu ergänzen. Dies ist ihm in sehr wesentlichen Punkten mißlungen. Seine auf sprachliche Gründe gestützte Annahme, daß die Thracier Germanen gewesen wären, indem die Geten und Dacier mit den Goten und Dänen einerlei seien, hat sich als unhaltbar erwiesen. Und doch haben die von ihm aufgestellten Gesichts= punkte bei der sprachlichen Beleuchtung der Geschichte für die Auffassung letzterer vielfach umgestaltend gewirkt. Die nähere Verwandtschaft der germanischen und slavischen Sprachen und somit auch der Germanen und Slaven suchte er weiter zu begründen. Die größte Meisterschaft bewies er aber in dem Versuche, diejenigen germanischen Sprachen zu. kenn= zeichnen, von denen keine zusammenhängenden Schriftdenkmäler auf uns gekommen sind, wie die der Longobarden, der salischen Franken, der Vandalen und der Burgunder. Diese Schrift wurde mit sehr großem Beifall aufgenommen und ist zweimal (1853 und 1868) neu aufgelegt worden.

Von den Aufsätzen, die Jakob von 1849 bis 1852 veröffentlichte, sind besonders der „Über Schule, Uni= versität, Akademie", der „Über den Ursprung der Sprache" und „Über Frauennamen und Blumen" bemerkenswert, welche in den Abhandlungen der Akademie und auch als Einzeldrucke erschienen. 1850 schrieb Jakob eine Vorrede zu Merkels Lex Salica und zur Feier des 50jährigen Doktor= jubiläums seines Lehrers Savigny „Das Wort des Be= sitzes". Mit der Feststellung des Begriffes „Besitz" hatte sich nämlich Savigny besonders befaßt.

XVII.
Zur Geschichte des Reims.

1848 gab Wilhelm Grimm in den Abhandlungen der
Akademie und als Einzeldruck einige althochdeutsche Prosatexte
heraus, nämlich Exhortatio ad plebem christianam
(Ermahnung an das christliche Volk) und in der Kasseler
Bibliothek bewahrte · althochdeutsche Glossen zu lateinischen
Wörtern, welche mit zu den ältesten deutschen Sprach=
denkmälern gehören, sowie eine interessante Abhandlung „Über
die Bedeutung der deutschen Fingernamen".
Gleichfalls in den Abhandlungen der Akademie und als
Einzeldruck erschienen 1850 und 1851 seine altdeutschen
Gespräche. Seit 1851 bis 1858 brachte auch Zarndes
litterarisches Zentralblatt mehrere Rezensionen und kleinere
Aufsätze aus Wilhelm Grimms Feder, z. T. Freidank
betreffend.

1852 veröffentlichte jener in den Abhandlungen der
Akademie und als Einzeldruck eine überaus reichhaltige Forscher=
arbeit „Zur Geschichte des Reims". Es ist dies ein würdiges
Seiten= und Gegenstück zu seiner deutschen Heldensage. Wie
in diesem Werke den hauptsächlichsten Inhalt, so behandelt er
in jenem die hauptsächlichste Form der altdeutschen Dichtungen,

und da der Reim eine kennzeichnende Eigentümlichkeit der gesamten neueren europäischen Dichtkunst ist, so muß diese Schrift Wilhelm Grimms für die weitesten Kreise von Interesse sein. Nachdem er die verschiedenen Arten des Reimes bei den einzelnen altdeutschen Dichtungen sehr eingehend unter= sucht und gezeigt hat, daß derselbe bereits in den lateinischen Gedichten von Lucrez, Catull, Virgil, Horaz, Properz und Ovid als Ausnahme auftritt, in den lateinischen und romanischen des Mittelalters aber immer mehr zur Regel wird, äußert er sich über seinen Ursprung in folgender Weise:

„Gleichklang findet sich leicht unbeabsichtigt und von selbst ein und ist wahrscheinlich von den meisten Völkern schon in frühen Zeiten in der Dichtung oder doch in Formeln und Sprüchen angewendet worden. Man kann also von dem Erfassen und Hervorheben desselben reden, wie von seiner Fortbildung und endlichen Herrschaft, nicht aber von einer plötzlich auftauchenden Erfindung."

Hinsichtlich des Auftauchens des Reimes in der deutschen Dichtung hält es Wilhelm Grimm für „höchst wahrscheinlich", daß Otfried „ungeachtet seiner Abneigung vor der weltlichen Volksdichtung, nicht bloß herkömmliche Redensarten und Sprüche daraus beibehielt, sondern auch die ganze äußere Form, mithin auch den Reim."

Die Darstellung der geschichtlichen Fortbildung des Reimes schließt er mit folgenden beherzigungswerten Worten ab: „Nach meiner Meinung ist es, zumal im mehrsilbigen Reim, unbedenklich, verwandte, in der Aussprache wenig unterschiedene Vokale zuzulassen: — — Goethe hat solche Fesseln niemals geduldet, und wenn er es gethan hätte, ich zweifle, daß die Lieder, die ihm aus voller Brust strömten, solche Macht aus= üben und in so vertrauliche Nähe rücken würden. — — Wer möchte freudvoll: leidvoll, betrübt: liebt geändert sehen? Platens Reime, die unter der schärfsten Zucht gestanden haben, geben seinen schönen Gedichten die Glätte und den Glanz kunstreicher Schnitzwerke in Elfenbein, die man bewundert, aber nur mit den Augen, nicht mit den Händen zu berühren wagt."

XVIII.

Das Greisenalter der Brüder Grimm.

Manches trübte den Lebensabend der Brüder Grimm. Wir sahen, daß Jakob sich schon bei Lebzeiten Lachmanns gegen dessen Nibelungenhypothese ausgesprochen hatte und diesen Widerspruch in der zu Ehren des verschiedenen Freundes in der Akademie gehaltenen Rede, die 1851 in deren Abhandlungen abgedruckt ward, wiederholte. Hierauf wurde nun in einer anonymen Schmähschrift auf Lachmann, die am Jahrestag seines Todes erschien, Bezug genommen. Wohl bezeichnete Jakob Grimm diesen Angriff als „gemein", wohl sprach er die schönen Worte: „Laß mich, lieber Lachmann, den grünenden Zweig getreuen Andenkens heute auf dein frühes Grab legen. Deine reichen Gaben, alle deine Anstrengungen und Erfolge sie sollen unvergeßlich bleiben und werden ihre Frucht tragen; selbst wo dich als Menschen ein paar Irrtümer anwandelten, kann das deine reine sittlich starke Natur desto sichtbarer machen." — Doch das Verhältnis zwischen ihm und den Schülern Lachmanns, Haupt und Müllenhoff, die nach dessen Tode als Professoren nach Berlin berufen wurden, blieb ein etwas ge=

spanntes, was äußerlich seinen Ausdruck darin fand, daß er nach 1851 nichts mehr in Haupts Zeitschrift veröffentlichte, während nächst den Abhandlungen der Akademie besonders Pfeiffers Germania von 1856 bis 1858 Aufsätze von ihm enthielt. 1854 schrieb er auch einige Vorreden, nämlich zu der Übersetzung von Stephanowitsch „Volksmärchen der Serben" und zum deutschen Christus. 1856 brachten die Nachrichten von der Georg-Augusts-Universität zu Göttingen, 1857 das Jahrbuch des gemeinen deutschen Rechts von Becker und 1858 Michaelis „Über die Anordnung des Alphabets" je einen Aufsatz von Jakob Grimm. „Reime aus dem Kinderleben" teilte dieser im Jahrgang 1855 von Wolfs Zeitschrift für deutsche Mythologie mit, während in dem Jahrgange 1853 derselben Zeitschrift Wilhelm Grimm mehreres die Märchen Betreffendes veröffentlicht hatte.

Zwischen diesem und Lachmanns Nachfolgern entspann sich ein sehr anregender Verkehr. Auch blieb Wilhelm Grimm bis zu seinem Tode Haupts Zeitschrift treu. — Auch in religiöser Beziehung ersehnte Jakob für sein deutsches Vaterland vor allem Einheit. So hatte er schon den 10. November 1845 an Gervinus geschrieben: „Ob die Deutschkatholiken den Keim zur Einigung Deutschlands in sich tragen, und ob er jetzt schon groß wachsen kann, wird die Zeit lehren, und ich wünsche es sehnlich; bisher hat ihnen Verfolgung und Druck mehr genützt als geschadet." Und an Louise Dahlmann äußerte er sich den 12. Juni 1855: „Freilich muß auch die Glaubensspaltung einmal fort, ich bin aber überzeugt, daß es nicht eher geschehen wird, als auf dem Grund und Boden der vorausgegangenen Volkseinigung, welcher dadurch gleichsam das Siegel aufgedrückt wird." Ein Lichtblick in diesen trüben Zeiten war, wie für viele, so auch

für ihn der mit so großer patriotischer Begeisterung am
10. November 1859 gefeierte 100jährige Geburtstag Schillers.
Die Rede, die der Greis Jakob Grimm zu Ehren des Tages
in der Akademie zu Berlin hielt, ist wohl die bedeutendste,
welche jener große Tag gezeitigt hat. „Glocken," so sprach
er in der Einleitung, „brechen den Donner und verscheuchen
das lange Unwetter: ach, könnte doch auch — — an hehren
Festen alles fortgeläutet werden, was der Einheit unseres
Volkes sich entgegenstemmt, deren es bedarf und die es be=
gehrt." — Dann preist er die Poesie als mächtigen Hebel
zur Erhöhung des Menschengeschlechtes, schildert das Erblühen
der deutschen Dichtkunst im 18. Jahrhundert und vergleicht
Schiller mit Goethe, wobei er sagt: „Goethe gab sich lieber
der behaglichen Erzählung hin, als daß es ihn auf tragische
Anhöhen getrieben hätte, und selbst in seinen Dramen, die
einem solchen Ausgang entgegen geführt werden, hört man
nicht so oft den Boden schüttern und dem Schlusse nahe das
Gebälk der Fabel erkrachen, als es der Tragödie gemäß ge=
wesen wäre." — Eingehend behandelt er auch beider Ver=
hältnis zur Religion. „Vielfach," ruft er aus, „ist der Glaube
unserer beiden großen Dichter schnöde verdächtigt und an=
gegriffen worden von seiten solcher, welchen die Religion
statt zu beseligendem Frieden zu unaufhörlichem Haber und
Haß gereicht. Zu den Tagen der Dichter war die Duldung
größer als heute. Welche Verwegenheit heißt es, dem,
der blinder Gläubigkeit anheimfiel oder sich ihr nicht ge=
fangen gab, Frömmigkeit einzuräumen oder abzusprechen;
der natürliche Mensch hat, wie ein doppeltes Blut, Adern
des Glaubens und des Zweifels in sich, die heute oder
morgen bald stärker, bald schwächer schlagen. Wenn Glaubens=
fähigkeit eine Leiter ist, auf deren Sprossen empor und

hinunter, zum Himmel oder zur Erde gestiegen wird, so
kann und darf die menschliche Seele auf jeder dieser Staffeln
rasten. In welcher Brust wären nicht herzquälende Gedanken
an Leben und Tod, Beginn und Ende der Zeiten und über
die Unbegreiflichkeit aller göttlichen Dinge aufgestiegen, und
wer hätte nicht auch mit andern Mitteln Ruhe sich zu ver=
schaffen gesucht, als denen, die uns die Kirche an die Hand
reicht?" — Auch Lessing preist er als einen Freigeist,
„dem mit freien, unverbundenen Augen vor die Geheimnisse
der Welt und des Glaubens zu treten geziemt." — Zum
Schluß sagt er: „Aus Männern, deren Herz voll Liebe schlug,
in denen jede Faser zart und innig empfand, wie könnte ge=
kommen sein, das gottlos wäre? Mir wenigstens scheinen sie
frömmer als vermeinte Rechtgläubige, die ungläubig sind an
das ihn immer näher zu Gott leitende Edle und Freie im
Menschen."

Vielfach begegnet man der Annahme, Jakob Grimm
hätte zeitlebens etwas Intoleranz von seiner strengkonfessionellen
Erziehung angehaftet; daß dem nicht so ist, beweist wohl
schlagend seine Schillerrede. Dieselbe erschien nicht bloß in
den Abhandlungen der Akademie, sondern auch 1859 und
1860 als Einzeldruck. Rasch verbreitete sie sich über alle
deutschen Gaue und ward begeistert aufgenommen als herrliche
Festgabe, die den Manen des großen deutschen Dichters
der Größte der Germanisten weihte.

Wilhelm Grimm wurde in Berlin zuweilen von Krank=
heiten heimgesucht, so daß in Jakob die Befürchtung erwachte,
der geliebte jüngere Bruder könnte eher als er von dieser
Welt abgerufen werden. Dieser Gedanke beängstigte ihn sehr;
so schrieb er einst, nachdem soeben Wilhelm von einer
Krankheit genesen war, an Jakob von Meusebach, den ge=

meinschaftlichen Freund beider: „Bleiben Sie uns gut;
Wilhelm verdient's gewiß, er ist einer der liebevollsten Menschen:
wenn er krank daliegt, verstehe ich das recht; und wenn er
mir einmal stürbe, wüßte ich mir nicht zu helfen."
Da, am 16. Dezember 1859, trat das Gefürchtete ein.
Wilhelms Augen schlossen sich für immer. Wohl hatte er
bald sein 74. Lebensjahr vollendet und ein höheres Alter
erreicht, als bei seiner Körperkonstitution zu erhoffen war;
doch seiner Gattin, seinen Kindern, seinem Bruder und der
deutschen Wissenschaft starb er noch viel zu früh.

Jakob ertrug den Verlust des teueren Bruders und
Mitarbeiters gefaßter, als zu erwarten war, und unterbrach
seine gewohnte Beschäftigung nur auf ganz kurze Zeit. Denn
er hatte, wie er schon den 7. Juni 1836 an Dahlmann schrieb,
„nur ein Mittel, sich" — — „zu trösten, nämlich anhaltendes,
ungestörtes Arbeiten." In ihm fanden Wilhelms Hinter=
bliebene den besten Trost; und da das Hauswesen, wie vorher,
ein gemeinsames blieb, so konnte sowohl Wilhelms Witwe
als auch Jakob von dem Gefühle der Vereinsamung nicht in
dem Grade ergriffen werden, als es sonst wohl der Fall ge=
wesen wäre. Wiederholt hat Jakob des teueren Entschlafenen
Erwähnung gethan, doch nicht mit Worten bitterer Klage,
sondern erinnerungsfreudiger Wehmut. Sein tief religiöses
Gemüt wußte sich in Gottes Ratschluß zu fügen, und so
ertrug er auch mit großer Ergebenheit das Leiden der Schwer=
hörigkeit, welches sich bei zunehmendem Alter immer mehr
steigerte, und zitterte nicht vor dem Gedanken, ganz taub zu
werden.

Während die meisten alten Leute nicht gern über das
Alter sprechen hören, hielt Jakob Grimm sogar selbst am
26. Jan. 1860 eine Rede „über das Alter", und diese

darf wohl mit unter das Beste gerechnet werden, was je
ein Greis hierüber gesagt hat. Wie in der Schillerrede, so
gedenkt er auch hier in hochbedeutsamen Worten der Religion:
„Einem freigesinnten alten Manne wird nur die Religion
für die wahre gelten, welche mit Fortschaffung aller Weg-
sperre den endlosen Geheimnissen Gottes und der Natur immer
näher zu rücken gestattet, ohne in den Wahn zu fallen, daß
eine solche beseligende Näherung jemals vollständiger Abschluß
werden könne, da wir dann aufhören würden, Menschen zu
sein." — Man sieht, daß er fort und fort bestrebt ist, mit
seinem Gott sich auseinander zu setzen. Den Gebrechen gegenüber, welche das Alter oft im Gefolge hat, nimmt er einen
optimistischen Standpunkt ein; so erscheint ihm das Erblinden
weniger schrecklich, wenn er sich an die blinden Greise, die
vom hörnen Siegfried sangen, an die blinden serbischen Sänger,
an den blinden Ossian und den blinden Homer erinnert, und
er spricht sogar die Behauptung aus: „Nur ein Blinder
vermag eigentlich die von der Volkspoesie, wie wir sie uns
vorstellen, ausgehenden Strahlen in der Stille seiner Seele
zu hegen und zu vereinbaren, wo sich hernach sehende Augen
einmischen, verderben sie es leicht wieder." — Gegen das
Taubwerden, welches ihm ja selber drohte, erblickt er darinnen
einen Trost, daß der Taube in seinen gewohnten Arbeiten
fortfahren, ja sich ihnen sogar ungestörter hingeben könne,
weil ihn überflüssige Rede und leeres Geschwätz nicht mehr
störe. So kommt er zu dem Schlusse, daß Altwerden ein
Glück sei. Auch das Gefühl für die Natur und die Lust
an einsamen Spaziergängen, behauptet er, steige im Greise,
und fügt hinzu: „Mit welcher Andacht schaut der Mensch im
Alter empor zu den leuchtenden Sternen, die seit undenkbarer
Zeit so gestanden haben, wie sie jetzt stehn, und die bald

auch über seinem Grabe glänzen werden. — — Und unter=
wegs einem lieben Bekannten zu begegnen! Wie freute mich
innig, im Tiergarten auf meinen Bruder, wenn er plötzlich
von der anderen Seite herkam, zu stoßen, nickend und schweigend
gingen wir neben einander vorüber." — So gedenkt er auch
hier des geliebten Bruders mit dem wehmütigen Zusatz: „Das
kann nun nicht mehr geschehn."

Auf ihn hielt er auch, wie einst auf seinen Freund
Lachmann, die Gedächtnisrede in der Akademie am 5. Juli
1860. „Ich soll," begann er, „vom Bruder reden. Ich
soll hier vom Bruder reden, den nun schon ein halbes Jahr
lang meine Augen nicht mehr erblicken, der doch nachts im
Traume, ohne alle Ahnung seines Abscheidens, immer noch
neben mir ist." — Er verglich dessen ruhigeres und vor=
sichtigeres Verfahren mit seinem leidenschaftlicheren und kühneren.
Zuletzt sprach er mit großer Wärme von ihrem gemein=
schaftlichen Jugendwerke, den Märchen, und schloß: „Tragen
wir einen Dank davon für alle Mühe und Sorge, der uns
selbst zu überdauern vermag, so ist es der für die Sammlung
der Märchen, die nicht nur eine unverwüstliche Nahrung für
die Jugend und jeden unbefangenen Leser darbieten, sondern
auch einen großen und der Forschung unentbehrlichen Schatz
des Altertums in sich bewahren. — — So oft aber ich
nunmehr das Märchenbuch zur Hand nehme, rührt und
bewegt es mich, denn auf allen Blättern steht vor mir sein
Bild, und ich erkenne seine waltende Spur."

Erst nach Jakob Grimms Tode, 1863, wurde die Rede
auf Wilhelm nebst der über das Alter von Hermann Grimm
herausgegeben und 1864 und 1865 neu aufgelegt.

Am 4. April 1863 verschied das letzte der Geschwister
Jakob Grimms, sein Bruder Ludwig in Kassel. „Nun bin

ich nur noch ganz allein da," sagte er wehmütig. Daß er
selbst diesem bald nachfolgen sollte, ahnte er wohl kaum; denn
rüstig war er noch bei der Arbeit: emsig förderte er das
Wörterbuch; auch seine Grammatik beabsichtigte er noch zu
vollenden; ein Aufsatz „über die Tiersage" erschien von ihm
in den Göttinger Gelehrten Anzeigen. Es sollte sein letzter
sein. Selbst neue Pläne entwarf er; so hatte er eine Arbeit
über die Dorfweistümer vor, d. h. über die auf den
Dörfern im Mittelalter geltenden Rechtssatzungen. Auch ein
Buch über deutsche Sitte wollte er schreiben. Da erkrankte er, genas aber nach 14 Tagen wieder und war
heiter und guter Laune. Da traf ihn Sonnabend nachmittags,
den 19. September, ein Schlaganfall, der ihm die rechte
Seite und die Zunge lähmte, so daß er nicht mehr sprechen
konnte; doch schien er noch bei Besinnung zu sein. Sonntag
Abend, den 20. September 1863, wiederholte sich der Anfall,
und an der Schwelle des Herbstes war der größte der Germanisten aus dieser Welt geschieden, deren Lenzespracht sein
Auge 79 mal gesehen hatte.

XIX.

Würdigung der Brüder Grimm.

Gegen Dahlmann bezeichnete Jakob Grimm am 14. April 1858 die Grammatik als dasjenige seiner Werke, dem er doch am Ende alles verdanke, was er erreichte, und in der That ist die „Deutsche Grammatik" die größte und die folgenreichste Schöpfung Jakob Grimms. Mit ihr beginnt ein neuer Zeitabschnitt der Germanistik. Alles, was vor ihr auf dem Gebiete der Erforschung der germanischen Sprache geleistet wurde, hat ihr gegenüber nur vorbereitenden, alles, was nach ihr in so reicher Fülle auf demselben erwuchs, nur ergänzenden und berichtigenden Wert. „Sie hat," wie Fr. Zarncke so treffend sagt, „vom Gotischen des 4. Jahrhunderts fast alle Zweige der germanischen Sprachwissenschaft bis auf die Neuzeit dargelegt und die Grammatik zu einer Naturgeschichte der Sprache gestaltet." Betrachtete vor Jakob Grimm der Grammatiker es als seine Aufgabe, die Sprache langweilig zu beschreiben, gebieterisch Sprachregeln zu geben und Ausnahme auf Ausnahme zu häufen, so führte jener die Sprache in ihrem Werden lebendig vor Augen, und unter seiner forschenden Hand gestalteten sich die Ausnahmen zu ehrwürdigen Resten älterer Sprachperioden, die strenge Gesetzmäßigkeit der Sprache lehrend: daher der gewaltige Einfluß, den seine Grammatik auf die Wissenschaft ausübte, daher die helle Begeisterung, welche sie für sprachliche Untersuchungen entflammte, und das rege Geistesleben, welches sie auf dem Felde der deutschen Sprachforschung erweckte. Durch sie sicherte Jakob Grimm nicht bloß der Germanistik einen festen Sitz auf den Lehrstühlen der deutschen Universitäten, sondern trug auch wesentlich dazu bei, daß die Sprachforschung überhaupt aus der Stellung einer Hilfswissenschaft zu dem Range einer selbständigen Wissenschaft erhoben wurde.

Ein würdiges Seitenstück zur Deutschen Grammatik ist das „Deutsche Wörterbuch", dessen Plan von Jakob gefaßt wurde, wiewohl diesem bei der Ausführung Wilhelm Hilfe leistete und mehr als fünfzig Mitarbeiter Material herbeischafften. Nur zum kleinsten Teile haben die Brüder Grimm diesen Plan verwirklichen können, und doch ist nach ihrem Tode das Riesenwerk unter der Hand tüchtiger Schüler weiter gediehen und gedeiht jetzt noch so herrlich, daß wir bald seine Vollendung erhoffen können. Ist das nicht der beste Beweis von der Vortrefflichkeit des Grundrisses und von dem gewaltigen und nachhaltigen Einflusse des Baumeisters, der ihn entwarf! Ist die Grammatik eine Geschichte der gesamten deutschen Sprache, so ist das Wörterbuch eine Sammlung von Geschichten der einzelnen deutschen Wörter; offenbart jene beredt den wunderbaren Geist, so verkündet dieses den ungeheuern Reichtum der deutschen Sprache. Grammatik und Wörterbuch sichern Jakob Grimm den Rang des obersten Meisters in der germanischen Sprachwissenschaft, der alles vor ihm Gethane einheitlich zusammenfaßte und alles nach ihm Geleistete unmittel- oder mittelbar anregte. So viel Schulen es auch in der Germanistik jetzt giebt, in der

Sprachforschung ist ihrer aller Lehrer Jakob Grimm. Die germanische Sprachwissenschaft vor ihm glich einzelnen grünen Halmen, die da und dort aus der dichten Schneedecke des Winters hervorsprossen; da fielen die Strahlen seines Geistes auf das Schneefeld und wandelten es um in eine blumige und bienendurchsummte Wiese des Lenzes.

Die Grammatik muß aber auch deshalb für das bedeutendste Werk Jakob Grimms gelten, weil sie es ihm ermöglichte, so umgestaltend auf den anderen germanistischen Gebieten zu wirken. Jakob Grimm war kein Geschichtsforscher im gewöhnlichen Sinne, und wie vertieft hat er doch die deutsche Geschichtsforschung, indem er die Sprachforschung in ihren Dienst stellte! Jener hat er trotz einiger Irrtümer in seiner „Geschichte der deutschen Sprache" das Urgermanentum bis zu den fernsten Zeiten, da die Germanen im Begriffe waren, sich von ihrem Muttervolke abzusondern, erschlossen. — Einen Zweig der deutschen Kulturgeschichte aber, die Geschichte des heidnischen Glaubens unserer Vorfahren, hat er trotz würdiger Vorgänger durch seine „Deutsche Mythologie" zur höchsten Blüte gebracht und zwar besonders dadurch, daß er zum ersten Male altnordische und altdeutsche Götterlehre streng kritisch schied. So ist er nach Simrock „der Schöpfer einer im engeren Sinne deutschen Mythologie geworden". Er brachte uns den tief religiösen Sinn unserer heidnischen Vorvordern lebendig zum Bewußtsein; er zeigte die Fäden, die unser Gebrauchtum und Hoffen mit denen jener verknüpfen, und eröffnete uns so das Verständnis für die stufenmäßig fortschreitende Entwicklung auf dem wichtigsten Gebiete des Geisteslebens, auf dem des religiösen Glaubens. Wie die Grammatik auf die germanische Sprachforschung, so wirkte die „Deutsche Mythologie" auf die Mythenforschung

ein. Allerorten fing man an, Überreste ehemaliger Götterdienste zu sammeln, und nicht bloß die deutschen Gelehrten
Simrock, Kuhn, Müllenhoff und Mahnhardt sind als Jakob
Grimms würdige Schüler in seinen Fußstapfen weiter fort-
geschritten, sondern auch die Forschungen eines P. E. Müller,
Nyerup und Magnusen über den altnordischen Heidenglauben
sind von Jakob Grimm beeinflußt.

Auch die altdeutsche Rechtskunde führte Jakob Grimm
durch seine „Deutschen Rechtsaltertümer" und seine „Weistümer" in einen ganz neuen Zeitlauf ein; denn er machte
von den Volksüberlieferungen, für deren vollständiges Verständnis er die nötigen Sprachkenntnisse besaß, zum ersten
Male ausgiebigen Gebrauch. „Jakob Grimms Rechtsaltertümer," sagt G. Waitz, „erschließen erst die ganze Fülle dessen,
was uns von Kunde alten Rechtslebens erhalten ist, geben
Sinn und Verständnis für die Würdigung des Volkstümlichen
und Sinnlichen an demselben." Wohl hatte dieses Werk nicht
eine ähnliche anregende Wirkung auf die Zeitgenossen, wie
die anderen großen Schöpfungen Jakob Grimms; doch wurde
durch dasselbe der deutsche Sinn in den deutschen Rechtsgelehrten nach und nach wach, und so muß die erst in unserer
Zeit erfolgte Umarbeitung des deutschen Rechts in dieser
Richtung als Frucht der Grimmschen Forschungen gelten.

Fürwahr es nimmt nicht wunder, daß sich zunächst ein
Wilhelm Grimm, ein Benecke, dann aber auf den Germanistenversammlungen alle Forscher deutscher Sprache, Sitte und
Geschichte, deutschen Rechtes und Schrifttums Jakob Grimms
Führung unterordneten; denn er war wirklich das, was man
von ihm zu Lübeck rühmte, der Herrscher in drei Reichen;
für die deutsche Sprache, für das deutsche Recht und für die
deutsche Mythologie hat keiner Größeres als er gethan. Aber

10*

auch keines der anderen germanistischen Gebiete ist ganz von seiner Forschung unberührt geblieben; auf allen bewies er eine staunenerregende Gelehrsamkeit. Keiner hat weder vor= noch nachher die ganze germanistische Wissenschaft in dem Maße wie er umfaßt, so daß er der vielseitigste und größte Germanist aller Zeiten ist, ja sogar als der Begründer der wahrhaft wissenschaftlichen Germanistik gelten darf, da er zum ersten Male die zerstreuten Forschungen über das Germanen= tum in seiner Person, wie in einem festen Punkte, vereinte. — Dabei reichte aber seine Forscherarbeit und sein belebender Einfluß noch in die Grenzmarken verwandter Wissenschaften hinüber.

Der Ruhm Jakob Grimms wird keineswegs durch die Thatsache geschmälert, daß die Arbeiten, welche er über deutsche Sage und Dichtung ohne Hilfe seines Bruders lieferte, nicht seiner Grammatik, seiner Mythologie und seinen Rechts= altertümern an Bedeutung gleichkommen. Auf diesem Ge= biete ist er mehr vorbereitend und anregend thätig gewesen; auf seinen Schultern hat in der Sagenforschung sein Bruder Wilhelm, in der Textkritik Lachmann den höchsten Gipfel er= klommen. Sicherlich ist der Plan zu den Märchen= und Sagensammlungen, durch welche die Brüder Grimm entschieden auch für die Wissenschaft höchst wertvolle Volksdichtungen gerettet haben, dem Haupte Jakobs entsprungen; doch zu endgiltigem Abschluß hat Wilhelm die Märchensammlung geführt. Dieser hat auch in seiner „Deutschen Heldensage", dem Hauptwerke seines Lebens nach Jakobs Ansicht, das Höchste vollbracht, was auf dem Gebiete der deutschen Sagenforschung geleistet worden ist; denn dieser ist jene Schrift eine kritisch gesicherte Grundlage von bleibendem Werte für alle Zeiten ge= worden. — Am nächsten kommt diesem klassischen Werke

Wilhelms Abhandlung „Zur Geschichte des Reims", welche
Ähnliches für die verbreitetste Form unserer deutschen Dichtung
wie jenes für deren wesentlichen Stoff bietet und außerdem
den deutschen Dichter vor dem verhängnisvollen Fehler warnt,
die Reinheit der Reime auf Kosten des Inhaltes zu erstreben.
— Auch an der Veröffentlichung altdeutscher Gedichte hat
sich Wilhelm noch mehr als Jakob beteiligt. Er ist als Erster
auf dem Felde der altdeutschen Sage und Dichtung zu verehren.

So ist denn die germanistische Wissenschaft den Brüdern
Grimm zu unendlichem Danke verpflichtet. Sie müssen aber
auch zu den fruchtbarsten deutschen Schriftstellern gerechnet
werden. Abgesehen von ihren größeren Werken haben ungefähr
60 Zeitschriften Aufsätze aus ihrer Feder veröffentlicht. Den
gewaltigen Einfluß, welchen sie auf das heranwachsende
Germanistengeschlecht ausübten, haben sie mehr durch das geschriebene als durch das gesprochene Wort erlangt. Zwar
sind ihre Abhandlungen meist fachwissenschaftlicher Art, aber
durch dieselben sind viele andere zu volkstümlichen Darstellungen angeregt worden, so für die deutsche Mythologie
Colson, J. und M. Dahn und Werner Hahn. Allein obgleich
die Brüder Grimm nie darnach trachteten, volkstümliche und
Jugend-Schriftsteller in des Wortes gewöhnlicher Bedeutung
zu werden, so sind sie es doch durch einige ihrer Werke in
des Wortes edelstem Sinne geworden. Was der griechischen
Jugend der Homer war, das sind jetzt der deutschen die
Grimmschen Märchen, des aufkeimenden Geistes erste Nahrung.
Wie mühte man sich doch vor den Brüdern Grimm ver-
standesmäßig ab, eine deutsche Jugendlitteratur zu schaffen! sie
schufen sie, indem sie die Märchen und Sagen, die einst unser
Volk in seinem Kindesalter gedichtet hatte, unseren Kindern
wiederbrachten und nicht minder durch ihr glänzendes Vorbild

als durch ihre grundlegenden Forschungen andere zur Bearbeitung von Deutschlands Helden-Sagen und -liedern in
der heranreifenden Jugend verständlicher Sprache begeisterten.
Diesen Sagen hatte einst diejenige Jugend gelauscht, welche
die große Hunnen-, Römer- und Maurenschlachten schlug und
so dem Germanentume die Herrschaft über Europa errang.
Ehr-, Freiheits- und Vaterlandsliebe werden sie auch unsere
Knaben und Jünglinge lehren, deren Bestimmung es ist, dem
Deutschtume die machtgebietende Stellung in Europa zu er-
halten. — Aber auch markige, ernste Mannesworte von Recht,
Ehre und Freiheit, von Religion und Vaterland hat Jakob
Grimm in der Schrift über seine Entlassung, in den Reise-
eindrücken in Italien und Skandinavien, in der Rede auf
Schiller u. a. zu dem Herzen des deutschen Mannes gesprochen.

Doch nicht bloß in das deutsche Haus, auch in die
deutsche Schule haben die Brüder Grimm mit ihren Märchen
und Sagen Einzug gehalten und damit des deutschen Volks-
geistes frisches Wehen in dieselben gebracht. Jedes deutsche
Lesebuch enthält jetzt mehr oder weniger dieser herrlichen
Perlen. Ziller verlangt, daß im ersten Schuljahr, um auf
des Kindes Gesinnung erzieherisch einzuwirken, 12 Grimmsche
Märchen gelesen werden. Auch betrachtet es jetzt die Schule
ebenso für ihre unabweisbare Pflicht, den Knaben und Jüngling
in die deutsche Heldensage und -dichtung einzuführen, als in
die herrlichen Werke unserer neueren großen Dichter; ja selbst
den vor den Grimm so verpönten Mundarten gestattet sie
dann und wann wieder Zutritt. Durch solche echt deutsche
Kost muß aber auch die Sprache und der Geist der Schule
allmählich immer deutscher wieder werden, besonders da auch
der Geist der Grimmschen Grammatik nach und nach in die
deutschen Sprachlehren eindringt. Daß jetzt in echt deutscher

Weise die Schule nach einer gleichmäßigen Ausbildung des Verstandes und Gemütes strebt, dazu haben die Brüder Grimm auch mit beigetragen. Und daß für diese gleichmäßige Ausbildung die deutsche Sprache und Litteratur die besten Mittel darbieten, sollte niemand nach dem gewaltigen Wirken dieses großen Brüderpaares bezweifeln und sich nicht sträuben, auch auf unseren höheren Schulen dem Deutschen mehr Raum zu gewähren. Doch die Umgestaltung der Schule in deutschnationalem Sinne hat jedenfalls noch nicht ihren Höhepunkt erreicht, und so ist jetzt auch noch gar nicht abzusehen, wie weit der Einfluß der Brüder Grimm auf dieselbe sich erstrecken wird.

Jakob und besonders Wilhelm Grimm waren mit den Künsten, und zwar auch mit den bildenden und der Tonkunst, vertraut; daraus erklärt sich zum Teil die künstlerische Gestaltungskraft ihrer Sprache. Diese wiederum trug nicht wenig dazu bei, ihren Werken Einfluß auf die deutsche Kunst zu verschaffen; diese hat seit ihnen und sicherlich meist auch durch sie einen deutscheren Charakter erhalten. — Von den Dichtern ist in erster Linie bei Rückert und bei Uhland eine Einwirkung der Brüder Grimm, zu denen letzterer ja so enge Beziehungen hatte, wahrzunehmen, zunächst an der Sprache; doch auch, wenn Uhland für das deutsche Volk sein altes, gutes Recht zurückfordert, ist er nur der poetische Dolmetscher der Rechtsaltertümer Jakob Grimms. Den Geist der Brüder Grimm atmen auch Gedichte wie des jüngeren Hölty „Bilder und Balladen", Paul Graffs „Ein Göttermärchen", vor allem aber Jordans gewaltiges Epos von den Nibelungen. Auch Friedrich Hebbels dramatische Trilogie der Nibelungen und Geibels Drama „Brunhilde" sind von ihm nicht unberührt geblieben, wie ihn auch die Dichtungen von Scheffel, Dahn,

— 152 —

Wolff, Baumbach und Herz verraten. Der größte Tondichter
unserer Zeit, der den kühnen Versuch machte, eine deutsch=
nationale Tonkunst zu schaffen, Richard Wagner, hat un=
umwunden bekannt, daß er nur auf Grund der erläuternden
Forschungen der Sagenkunde derartige dramatisch=musikalische
Werke wie den „Tannhäuser", den „Lohengrin" und vor
allem den „Nibelungenring" schaffen konnte. Auch die Grimm=
schen Märchen haben herrliche Tondichtungen wie Liszts
„Aschenbrödel" hervorgerufen. Die Einwirkung der Brüder
Grimm auf die Malerei bezeugen am schlagendsten die Worte
eines Malers, Ludwig Richters: „Ich habe vergangene Woche
Grimms deutsche Sagen gelesen, und sie haben mir viel
Aufschluß über Auffassung deutscher Natur gegeben. Es ist
gewiß für den Landschafter recht gut, wenn er die Volks=
sagen, Lieder und Märchen seiner Nation studiert. Wie
herrlich sind in den Märchen das geheimnisvolle Waldes=
dunkel, die rauschenden Brunnen, blühenden Blumen, die
singenden Vögel und die ziehenden Wolken aufgefaßt, in den
Sagen alte Burgen, Klöster, einsame Waldgegenden, sonder=
bare Felsen dargestellt!" — Ähnlich wie auf Richter haben
die Brüder Grimm auch auf andere Maler wie Cornelius,
Führich, Schnorr v. Carolsfeld, Schwind und Ewald ein=
gewirkt und nicht minder auf Bildhauer wie Engelhard. —
Ja dadurch, daß die Brüder Grimm die gewaltigen Gebilde
der kühnen Phantasie unserer Vorfahren den deutschen Künstlern
lebenatmend wieder vor Augen stellten, regten sie dieselben
zu herrlichen Schöpfungen auf allen Gebieten der Kunst an.
Und auch das deutsche Kunstgewerbe, welches unsere öffent=
lichen Gebäude und unser Haus und Heim mit seinen Er=
zeugnissen schmückt, hat seinen altdeutschen Geschmack und
Stil im letzten Grunde dem großen Brüderpaare entlehnt.

Doch den Brüdern Grimm gebührt auch unsere innigste Liebe und höchste Verehrung als deutschen Staatsbürgern und als Menschen. Denn sie gehören zweifellos im weiteren Sinne mit zu den Begründern des neuen Deutschen Reiches. Nicht als den Letzten haben wir es ihnen zu verdanken, daß wir uns in traurigen Zeiten die Fähigkeit bewahrten, uns wieder zu einem einigen und weltgebietenden Volke zu erheben. Sie haben uns unsere große Vergangenheit, wie sie sich in Sprache, Sage, Dichtung und Sitte abspiegelt, näher gerückt und uns in derselben heimisch gemacht, indem sie uns diese achten und lieben lehrten. Sie haben es uns zum Bewußtsein gebracht, daß das deutsche Volk die Kraft und Vorbedingungen in sich trug, die Bildung des Altertums und die Wahrheiten des Christentums aufzunehmen und fortzuleiten, beide mit seinem ureigensten Wesen innigst verschmelzend, daß es somit ein Volk von hoher weltgeschichtlicher Mission ist. Die Brüder Grimm zeigen alle deutschen Tugenden, die es giebt: Gepaart ist bei ihnen die innigste Liebe zur Familie mit der treuesten Freundschaft, die zärtlichste Anhänglichkeit ans hessische Heimats= land mit der begeistertsten Vaterlandsliebe, die tiefste Ehrfurcht vor den Landesfürsten mit Ehrgefühl und Mannesstolz und der höchsten Achtung vor den Landesgesetzen sowie der Volks= rechte, das kindlichste Gottvertrauen mit dem klarsten Ver= ständnis für die ewig fortschreitende Weiterentwicklung des Menschengeistes. Mit vollstem Rechte verdienen sie daher einen Platz unter Deutschlands großen Männern.

Anhang.

A. Chronologisches Verzeichnis der Schriften der Brüder Grimm.

I. Selbständig erschienene Arbeiten Jakob Grimms.

Über den altdeutschen Meistergesang. Göttingen 1811.
Irmenstraße und Irmensäule. Wien 1815.
Silva de romances viejos. Wien 1815.
Deutsche Grammatik. 1. T. Göttingen 1819. 2. Ausg. 1822.
1, 1. 3. Ausg. Göttingen 1840. Unveränderter Abbruck
der 2. Ausg. Göttingen 1852. Neuer Abbruck der 2. Ausg.
von W. Scherer, Berlin 1870. — 2. T. Göttingen 1826.
Unveränderter Abbruck 1852. — 3. T. 1831. — 4. T. 1837.
Wuk Stephanowitsch, kleine serbische Grammatik, verdeutscht mit
einer Vorrede. Leipzig und Berlin 1824.
Zur Rezension der deutschen Grammatik, unwiderlegt herausge-
geben. Kassel 1826.
Deutsche Rechtsaltertümer. Göttingen 1828. 2. Ausg. ebenda 1854.
Hymnorum veteris ecclesiae XXVI interpretatio Theodisca
nunc primum edita. Göttingen 1830.
Reinhart Fuchs. Berlin 1834.
Deutsche Mythologie. Göttingen 1835. 2. Ausg. ebenda 1844,
2 Bde. 3. Ausg. ebenda 1854. 4. Ausg. von E. H.
Meyer 1875—78, 3 Bände.
Taciti Germania u. s. w. Göttingen 1835.

Über meine Entlassung. Basel 1838.

Lateinische Gedichte des X. und XI. Jahrhunderts. Göttingen 1838. (Mit A. Schmeller.)

Sendschreiben an Karl Lachmann über Reinhart Fuchs. Berlin 1840.

Weistümer. T. 1 Göttingen 1840. — T. 2 1840. — T. 3 1842. — T. 4 1863. — T. 5 von G. Ludwig v. Maurer und von R. Schröder 1866 herausgeg. — Desgl. T. 6 1869.

Andreas und Elene (Gedicht), herausgeg. Kassel 1840.

Frau Aventiure klopft an Benecke's Thür. Berlin 1842 und Kleinere Schriften von Jakob Grimm, I S. 83—112.

Geschichte der deutschen Sprache. 2 Bde., Leipzig 1848. 2. Aufl. 1853. 3. Aufl. von K. Müllenhoff 1868.

Das Wort des Besitzes. Berlin 1850 und Kl. Schriften von J. Gr., I S. 113—114.

Rede auf Wilh. Grimm und Rede über das Alter, herausg. von Herman Grimm. Berlin 1863, 1864 und 1865, sowie Kl. Schriften, J. Gr., I S. 163—210.

J. Grimms meisten kleineren Aufsätze und Rezensionen sind nach seinem Tode unter dem Titel:

Kleinere Schriften von Jakob Grimm (von uns im folgenden als „Kl. Schr. v. J. Gr." bezeichnet) herausgegeben worden. Berlin 1864 u. f.

II. Selbständig erschienene Arbeiten Wilhelm Grimms.

Altdänische Heldenlieder, Balladen und Märchen, übersetzt von W. G. Heidelberg 1811. Einleitung und Anhang auch: Kleinere Schriften von Wilhelm Grimm, I, 176—211.

Drei altschottische Lieder in Original und Übersetzung. Heidelberg 1813 und Kl. Schriften von W. G. I, 228—233 und das beigefügte Sendschreiben an Gräter II, 104—136.

Über deutsche Runen. Göttingen 1821.

Zur Litteratur der Runen. Wien 1828 und Wiener Jahrbücher der Litteratur Bd. 43, (1828) S. 1—42, auch: Kl. Schriften von W. Gr. III, 85—131.

Gräve Ruodolf, herausg. von W. Gr. Göttingen 1828 und 1844.

Bruchstücke aus einem Gedichte von Assundin. Lemgo 1829 und Archiv für Geschichte Westfalens. Bd. 4. (1829) S. 127—136.

Die deutsche Heldensage. Göttingen 1829. 2. Ausg. von W. Müllenhoff. Berlin 1867.

De Hildebrando antiquissimi carminis teutonici fragmentum. Gottingae 1830.

Urbankes Bescheidenheit. Göttingen 1834. 2. Ausg. 1860.

Der Rosengarte. Göttingen 1836.

Ruolandes liet. Göttingen 1838.

Wernher von Niederrhein. Göttingen 1839.

Konrads von Würzburg Goldene Schmiede. Berlin 1840.

Konrads von Würzburg Silvester. Göttingen 1841.

Über Freidank. 2. Nachtrag. Göttingen 1855 und Kl. Schriften von W. Gr. IV, 98—116.

W. Grimms meisten Aufsätze und Rezensionen sind nach seinem Tode unter dem Titel: Kleinere Schriften von Wilhelm Grimm (von uns als „Kl. Schr. v. W. Gr." bezeichnet) herausgegeben worden. Gütersloh. 4 Bd. — Zum 1. Mal gedruckt wurden hierin:

Gleichnisse im Ossian und Parzival. Bd. 1, S. 48—57.

Göttinger lateinische Antrittsrede. Bd. II, 493—496.

Göttinger Rede über Geschichte und Poesie. Bd. II, 497—504.

Antrittsrede in der Berliner Akademie (8. Juli 1841) Bd. II, 505—507.

Einleitung zur Vorlesung über Gudrun (seit Sommer 1843 sechsmal gehalten) Bd. IV, 524—576.

Einleitung zur Vorlesung über Hartmanns Erek (seit Winter 1843 fünfmal gehalten) Bd. IV, 577—617.

Deutsche Wörter für Krieg. Bd. III, 516—567, gelesen in der Königl. Akademie d. W. am 16. Febr. 1846.

III. Gemeinsame selbständig erschienene Arbeiten der Brüder Grimm.

Kinder- und Hausmärchen. Berlin. I. Bd. 1812. — II. 1815. — 2. Aufl. T. 1. und 2. 1819. T. 3. 1822. — Bd. I.

unb II. 3. Aufl. Göttingen 1837. — 4. Aufl. 1840. —
5. Aufl. 1843. — 6. Aufl. 1850. — 7. Aufl. 1857. —
8. Aufl. 1864. — 9. Aufl. Berlin 1870. — Seitdem noch
bis 1886 12 Aufl. — Kl. Ausg. Berlin 1825, bis 1887
weitere 35 Aufl.

Die beiden ältesten deutschen Gedichte aus dem 8. Jahrhundert:
Das Lied von Hilbebrand unb Habubrand unb das Weißen=
brunner Gebet. Kassel 1812.

Altbeutsche Wälder. I. Bb. Kassel 1813. II. unb III. Bb. Frank=
furt 1815 unb 1816. — Daselbst von Jakob: Commentar
zu einer Stelle in Eschenbachs Parcisal I, 1—30. — Über
Agges unb Elegast I, 31—34. — Von zwein kaufmann I,
35—71. — Erläuterung einer Stelle aus Apollonius von Tyr=
lanb I, 72—76. — Der Mann in ber Grube I, 77—80. —
Theut unb Mann I, 81—82. — Gesellenleben I, 83—122.
— Bebenken über suna satarunga I, 123—125. — Mönch=
lateinische Alliteration I, 126—130. — Bedeutung der
Blumen unb Blätter I, 131—158. — de jager nyt Grieken
I, 161—164. — Indisches Märchen I, 165—167. —
Nachtrag zu Beneckes Abh. über Gebrauch des Umlauts I,
173—179. — Grammatische Ansichten I, 179—187. —
Zur altbeutschen Metrik I, 192—194. — Berichtigungen
zum Hilbebrandslied I, 324—330. — Iragemundeslied II,
8—30. — Lateinische Helbenlieder ber alten Franken II,
31—41. — Ospirn bie Herben unb Hagano II, 42—45.
— de gebonden nagtegval II, 45—47. — de heer med
zim schildknegt II, 47—48. — Zur ferneren Er=
läuterung bes Hilbebrandliedes II, 97—115. — Über bie
Nibelungen II, 145—180. — Nachtrag zu dem Gedicht
von zwein kaufmann II, 181—184. — 48 neue Lieder
aus ben Nibelungen III, 1—13. — Der Weinschwelg III,
13—34. — Die Sage von ber Turteltaube III, 34—43.
— Über bie kerlingische Ahnmutter Berta III, 43—48. —
— Waibsprüche unb Jägerschreie III, 97—148. — Alt=
beutsche Beispiele III, 167—238. — Vom Singen unb
Springen ber Boten III, 238—240. — Geschichte vom
Feuerfunken III, 284. —

Von Wilhelm: Über Stacher im Hildebrandslied I, 188—192.
— Zeugnisse über die deutsche Helbenfage I, 195—323 und
Nachträge dazu III, 253—270. — Von einem fahrenden
Schüler II, 49—69. — Von einem heiligen munch II,
70—84. — Von den berten II, 84—88. — Sage von
der Springwurzel II, 89—95. — Vom Neidhart II, 96.
— Der Traum II, 135—144. — St. Catharinen-Grab
auf Sinai II, 185—188. — Von der Trunkenheit II,
189—192. — Die goldene Schmiede von Conrad von
Würzburg II, 193—288, auch einzeln: Frankfurt a. M.
1816. — Der Schwanritter von Conrad von Würzburg
III, 49—96. — Von der minne eins abern III, 160—163.
— Von des babstes gebot zu den meiden und wiben III,
164—166. — Bruchstücke aus 2 verlorenen Hbf. der Nibelungen III, 241—252. — Antikritik gegen A. v. Schlegels
Recenfion des I. Bb. b. A. W. III, 270—277. — Aus
einer alten Weltchronik III, 278—283. —

Gemeinfam: Die deutsche Helbenfage aus der Weltchronik
II, 115—134.

Lieder der alten Ebba. Berlin 1815 (die Überfetzungen, neu
herausg. v. J. Hofforty, Berlin 1885).

Der arme Heinrich von Hartmann v. d. Aue, Berlin 1815.

Deutsche Sagen. Berlin T. I 1816. — T. II 1818. 2. Aufl.
von H. Grimm 1865 und 1866. 3. Aufl. 1892.

Irische Elfenmärchen. Leipzig 1826.

Deutsches Wörterbuch. I. Bb. A—Biermolke. Leipzig 1854. —
II. Bb. Biermörder—D. 1860. — III. Bb. E—Forsche
1862. — IV. Bb. 1. Abt. von J. Grimm, Karl Weiganb
und R. Hilbebranb: Forschel—Gefolgsmann 1878. — Ge-
foppe—genug 1879—1886, dazu eine 8. Lieferung. —
2. Abt. H—juzen 1877. — V. Bb. K—Kyrie eleison
1873. — VI. Bb. L—mythisch 1885. — VII. Bb. 1.—8.
Lieferung N—Pelzflatterer 1881—1886, dazu eine 9. Lief.
— VIII. Bb. 1.—2. Lief. R—Recht 1886, dazu eine 3.
Lief. — XII. Bb. B—verdammen 1886, dazu eine 2. Lief.

IV. In Zeitschriften und dergl. erschienene Abhandlungen der Brüder Grimm.

Im Neuen litterarischen Anzeiger, München 1807: von Jakob: Nr. 11, S. 161—168 und Nr. 12, S. 177—182 Bemerkungen über Fr. Adelungs „Nachrichten von altdeutschen Gedichten." — Nr. 15, S. 225—232; Nr. 16, S. 241 bis 247; Nr. 33, S. 528 Über das Nibelungenlied, auch Kl. Schr. v. J. Gr. IV, S. 1—7. — Nr. 23, S. 353—356. Etwas über Meister- und Minnegesang, auch Kl. Schr. v. J. Gr. IV, S. 7—9. — Nr. 36, S. 568—571: Von Übereinstimmung der alten Sagen, auch Kl. Schr. v. J. Gr. IV, S. 9—12. — Nr. 43, S. 673—685: Beweis, daß der Minnesang Meistergesang ist, auch Kl. Schr. v. J. Gr. IV, S. 12—21. — Nr. 47, S. 750—751: Bertoldo und Markolph. —

Von Wilhelm: Nr. 21, S. 334—336: Einige Bemerkungen zu dem altdeutschen Roman Wilhelm von Oranse. Nr. 30, S. 477—478: Über die Originalität des Nibelungen-Liebs und des Helbenbuchs. — Nr. 47, S. 737—746: Beitrag zu einem Verzeichnis der Dichter des Mittelalters. Nr. 50, S. 797—798: Über einige unbekannte Ausgaben von Salomon und Markolf. — Sämtliche Aufsätze auch: Kl. Schr. v. W. Gr. I, S. 31—47.

In Tröst Einsamkeit u. s. w. (Zeitung für Einsiedler), Heidelberg 1808: von Jakob: Nr. 7, S. 56: Entstehung der Verlagspoesie, auch Kl. Schr. v. J. Gr. IV, S. 22. — Nr. 19, S. 152 u. Nr. 20, S. 153—156: Gedanken, wie sich die Sagen zur Poesie und Geschichte verhalten, auch Kl. Schr. v. J. Gr. I, S. 399—403.

Von Wilhelm: S. 47—48; S. 81—82; S. 176; S. 182—184 u. S. 237—240: Übersetzungen aus dem Dänischen, verändert in den altdänischen Helbenliedern abgedruckt.

In Studien von Daub u. Creuzer, Heidelberg. IV, 1809: von Wilhelm: S. 75—121 u. 216—228: Über die Entstehung der altdeutschen Poesie und ihr Verhältnis zu der nordischen, auch Kl. Schr. v. W. Gr. I, 92—170.

In den Heidelberger Jahrbüchern der Litteratur u. s. w. Jahrg. 1809, 1810, 1812, 1813, 1816 u. 1817 Rezensionen von Jakob und im Intell.=Bl. 1810, Nr. 1, S. 4—5: Ankündigung einer Auswahl n. Ausg. der altspan. Romanzen. —

Von Wilhelm auch viel Rezensionen und Jahrg. 1809, S. 210—222: Einleitung zum Herzog Ernst. — Intell.= Bl. III, S. 9—11 Ankündigung: Altdänische Heldengesänge u. s. w. Auch Kl. Schr. v. W. Gr. I, 173—175.

Von Jakob und Wilhelm: Intell.=Bl. 1811. S. 57—58. Ankündigung einer Sammlung altnordischer Sagen. — Jahrg. 1813 Intell.=Bl. II, S. 16 Ank. der Altdeutschen Wälder. — XII, S. 105—106 Aufruf. Praenumeration zum Besten der Hessischen Freywilligen. —

Im Museum für altdeutsche Litteratur u. K. Berlin 1811 v. Jakob: S. 226—236. Über Karl und Elegast. — S. 284—316 Hornkind und Maid Rimenild.

In den Berliner Abendblättern 1811 v. Wilhelm: Nr. 19, S. 75—76 Rätsel aus der Hervararsaga.

Im Deutschen Museum. Wien 1813, S. 53—75, Gedanken über Mythos, Epos u. Geschichte von Jakob. Auch Kl. Schr. v. J. Gr. IV, 74—85.

Im Gothaer allgemeinen Anzeiger 1813 von Jakob: Nr. 67, S. 681—686. Auch etwas über die Wiedereinführung der altdeutschen Heldengedichte u. bes. der Nibelungen i. d. Schulen.

Im Preußischen Korrespondent 1813, Nr. 48 v. Wilhelm: Nachträge z. b. Kriegsberichten aus Kassel. Auch Kl. Schr. v. W. Gr. I, 529—535.

In der Zeitschr. f. geschichtl. Rechtswissenschaft, Berlin 1815.

Von Jakob: S. 323—337. Über eine eigene altgermanische Weise der Mordsühne. — Bd. II, 1815 und 1816, S. 25—99. Von der Poesie im Recht. — Bd. III., 1817, S. 73—128. Litteratur der altnordischen Gesetze.

— S. 349—357 Etwas über den Überfall der Früchte und das Verhauen überragender Äste. — Bd. XI, 1842, S. 385—398 Bemerkungen z. Schaumanns Aufsatz über das Wergeld.

In den Friedensblättern. 1815. Von Jakob: Nr. 11, S. 41—43. Nr. 12, S. 45—47 Das Lied von Frau Alba. Aus dem Altspanischen. Auch Kl. Schr. von J. Gr. IV, S. 422—427. — Nr. 24, S. 94—95. Nr. 25, S. 97—99 Das Märlein von der ausschleichenden Maus. — Nr. 41, S. 161—163 Sendschreiben a. Hrn. Hofr. — r.

Im Rheinischen Merkur. 1815. Von Wilhelm: Nr. 205 und 206 Die Ständeversammlung in Hessen. — Nr. 224 und Nr. 227 Aus Hessen. — Nr. 245 Über Gesetzgebung und Rechtswissenschaft in unserer Zeit. — Nr. 340 Über unsere von den Russen genommene Kunstwerke. Sämtl. Auff. auch Kl. Schriften v. W. Gr. I, S. 536—557.

Im Taschenbuch f. Freunde altdeutscher Kunst. Köln 1816. B. Jakob ob. Wilhelm: S. 321—331 Ein Märchen.

Im Sprach= u. Sittenanzeiger der Deutschen. Berlin 1817.

Von Jakob: Nr. 65, S. 263—264 Zur Geschichte des deutschen Reims. — Nr. 69, S. 279 Bessere Er= klärung einer Stelle im armen Heinrich. — ebba., S. 280 Mein Glück wacht. — Nr. 71, S. 285—286 Brechen. — Nr. 75, S. 303—304 Verteidigung des Titels Aller= höchster. — Nr. 85, 341—342 Wo muß i. d. Gedichten des 13. Jahrh. biu u. wo bie stehen? — Nr. 86, S. 345 —347, Nr. 87, S. 349—351 Bemerkungen zu Zahns Abh. u. d. altd. Tatian. — Nr. 88, S. 356 Höchst wichtige Entdeckung.

In Radlof, die Sprachen der Germanen. Frankfurt a. M. 1817. Von Jakob: S. 399—400 Der Säemann. paderborn. Mundart. — S. 410—412 Der verlorene Sohn. ebendaher. — S. 412—413 Der Säemann. Platt=deutsch von Mecklenburg=Schwerin. — S. 413—415 Der verlorene Sohn, ebendaher.

Im Gesellschafter. Berlin 1817.

Von Wilhelm: S. 292 über Künstler, Zensur und Schloßbau z. Kassel. — S. 475—476 Litteratur (Anzeige). — S. 716 Beschreibung des Teutobergs im Lippischen. — S. 805—807 Brüderchen und Schwesterchen. — 1818: S. 129—131 Karls des Großen Heimkehr aus Ungerland. — S. 147 Brot und Salz mit Gottes Segen. — S. 339 Der büßende Wolf.

Von Jakob und Wilhelm Gr., S. 103 Der Sünder unter den Gerechten. — Diese Auff. auch: Kl. Schr. von W. Gr. I, 558—583.

In Förster, die Sängerfahrt. Berlin 1818. S. 206—218 Neunzehn serbische Lieder übersetzt v. d. Brüdern Grimm. Auch Kl. Schr. v. J. Gr. IV, 455—467.

In der Wünschelrute. Göttingen 1818, v. Jakob: Nr. 5, S. 20 Volkslied aufgeschr. u. Rezensionen.

Von Wilhelm: Nr. 4, S. 13—16 Märchen von einem, der auszog das Fürchten zu lernen. — Nr. 10, S. 37—38 E. arme Spinnerin baut b. Herrn b. Haus.

In den Göttingischen Gelehrten Anzeigen. Von Jakob: 1818, 1819, 1820, 1821, 1822, 1823 Rezensionen, desgl. Jahrg. 1824 u. S. 809—820 Wuk Stephanowitsch. Serb. Volkslieder. — S. 820—826 Selbstanzeige v. Wuk. Kl. serb. Gramm. verdeutscht v. J. Grimm. — Beides auch: Kl. Schr. v. J. Gr. IV, 218—229. — 1826, 1827, 1828, 1829 Rezensionen, desgl. 1830 u. Auszug aus der Antrittsrede: de desiderio patriae; vollständig in Zeitschr. f. deutsches Altertum u. b. Litt. 1881, S. 319—326; auch Kl. Schr. v. J. Gr. V, 480—482. Deutsche Übersetzung des Anfangs i. Jahresberichte d. höheren Schulen Rostocks 1887. — 1831—1839, 1841, 1850, 1851, 1863 Rezensionen u. Bücheranzeigen, sowie 1863 Über die Tiersage.

Von Wilhelm: Rezensionen u. Bücheranzeigen in Jahrg. 1818—1821, 1824—1827, 1829—1839, 1841.

Im Hermes. Leipzig 1819, S. 27—33 v. Jakob: Jean Pauls neuliche Vorschläge die Zusammensetzung der deutschen

Doppelwörter betreffend. Auch Kl. Schr. v. J. Gr. I,
S. 403—410.

Von Wilhelm: 1820, S. 1—53 Die altnordische
Litteratur i. b. gegenwärtigen Periode. Auch Kl. Schr. v.
W. Gr. III, 1—84.

In Seebodes kritischer Bibliothek f. Schul- und
Unterrichtsw. 1819. Von Jakob: S. 961—963 Über
die Tagelieder der provencalischen Troubadours. — S. 1025
bis 1028 Über einige mißverstandene Stellen Otfrieds.

In Askania. Dessau 1820. B. Jakob: S. 154—157,
König Fructe. Auch Kl. Schr. v. J. Gr. IV, S. 135—137.

In der Jenaischen Litteraturzeitg. 1820. B. Jakob:
Nr. 188, S. 647—648 Erklär. üb. b. prof. e. Rabloj
i. Bonn.

In Abhandlungen des Frankfurt. Gelehrten-
Vereins f. b. Spr. 1821. B. Jakob: S. 292—295
Üb. e. verloren gegangenes Demonstrativ. b. alt. deutsch. Spr.

In den Miscellanea m. p. critica. Hildesheim 1822. B. Jakob:
S. 578—582 Über die Adverbia heute, heint u. heuer.

In den Wiener Jahrbüchern b. Litt. 1824, 1825, 1829, 1835
u. 1836 Rezensionen v. Jakob u. Jahrg. 1828, S. 40
bis 42 Nachtrag z. W. Grimm. Zur Litt. b. Runen.
(Üb. Wilh., S. 155).

In Goethes Kunst u. Altertum, Stuttgart. B. Jakob:
1824, Erbschaftsteilung, serb. Lied übers. Auch Kl.
Schr. v. J. Gr. I, S. 410—412. — 1825, S. 24—35
Die Aufmauerung Scutaris.

In Denkmäler alter Spr. u. Ku., Berlin 1824. B. Jakob
S. XIV—XXX Üb. b. Freckenhorstes Heberolle. — Einleitung, S. XXX—XXXII Die Fabel v. b. durch Bonifacius
umgeweihten Pantheon a. b. ungebr. Kaiserchron.

J. P. Wigand, das Fehmgericht Westf., Hamm 1825.
B. Jakob: S. 307—310 Über das Wort Feme.

Im Archiv f. Geschichte u. A. Westfalens. B. Jakob:
1826, H. 1, S. 101—102 Sprachliches z. Freckenhorster Heberolle. — H. 2, S. 73—80 Bruchstücke a. e. gereimten
Legende v. b. heil. Aegidius. — H. 3, S. 78—82 Üb. b.

11*

Namen Westfalen. — H. 4, S. 113—114. Das Wort
Feme. — S. 114 üb. b. Wort liube. — 1828 Bd. II,
H. 1, S. 64—68 Weder westfäl. Grütze noch Götter. —
S. 206—210 Ferners üb. thegaton. — (Üb. Wilh. S. 156.)
In Monumenta Germaniae hist. Hannover 1829. Von
Jakob: S. 666. Anm. 45—55 Z. ein. altdeutsch. Eide
b. Nithart.
In der Kasselschen allgem. Zeitg. 1829. Nr. 36, S. 176
bis 177. V. Jakob: Nekrolog: Dr. Ludw. Völkel.
In Justi, Grundlage z. e. hessischen Gelehrten=, Schriftsteller=
u. Künstlergesch. v. 1806—1830. Marburg 1831. Jakobs
und Wilhelms Selbstbiographie, S. 148—183. Auch Kl.
Schr. v. J. Gr. I, S. 1—24 u. Kl. Schr. v. W. Gr. I,
S. 1—26.
Vorwort z. Anton Dietrich, Russische Volksmärchen, Leipzig
1831. Von Jakob, S. III—X.
Hannoversche Zeitung. Von Wilhelm. Über unsichere
Beiträge z. Jahrg. 1832.
In den Altdeutschen Blättern, Leipzig. Von Jakob:
1836, S. 287—297, 370—374 Mythologica. — S.
417—419 Berichtigung einer St. in Reinhart. — 1840,
S. 138—141 Volkslied v. Friedr. v. d. Pfalz a. d. J.
1622. — S. 324 Berichtigungen z. d. latein. Gedicht b.
10. u. 11. Jahrh.
   Von Wilhelm: Bd. 1837—1840, S. 1—2 Ein
Segen aus d. 12. Jahrh.
In Förstemanns Neuen Mitteilungen des thüringisch=
sächs. Ver. 1836. V. Jakob: S. 504—506 Feuer=
löschung. Auch Kl. Schr. v. J. Gr. V, S. 253—254.
In den Hallischen Jahrbüchern f. deutsch. Wiss. u. K. 1838.
Von Jakob: Nr. 221, S. 1761—1766 Neue Sammlung
der altengl. Historiker.
Geschichte der Univers. Göttingen. IV. T. von Osterley.
Göttingen 1838. Von Wilhelm: S. 468—469 Auto=
biograph. Notizen. Auch Kl. Schr. v. W. Gr. I, 26—27.
In den Theol. Studien u. Kritiken 1839 von Ullmann.
Von Jakob: S. 747—752 Abstammung des Wortes
Sünde. Auch Kl. Schr. v. J. Gr. V, S. 288—291.

Ludw. v. Arnims sämtl. Werke. Herausg. von Wilh. Grimm 1839. Vorw. S. V—XII. Auch Kl. Schr. v. W. Gr. I, S. 311—314.

In der Zeitschr. d. Vereins f. hess. Gesch. u. Landesk. Kassel 1840. B. Jakob: S. 132—154 Üb. hess. Ortsnamen. — S. 155—156 Emendation e. St. d. Tacitus (Anm. 2, 88). — Beide Auff. auch Kl. Schr. v. J. Gr. V, S. 297—312.

In der Zeitschr. f. deutsch. Altertum v. Haupt. Leipzig. Von Jakob: 1. Bd. 1841, S. 1—2 Altfries. Kosmogonie. — S. 2—6 Sintarfizilo. — S. 7—20 Tyrol u. Fridebrant. — S. 21—26 Cota Ano Ato. — S. 136—137 Haupt und Haube. — S. 206—208 Kl. Bemerkungen: Malbote. Acc. bei Adjektiven. Zu statt des 2. Acc. — S. 572—578 Gibichenstein. Hasehart. Wuotigloz. Garsecg. — S. 579—580 Sum, sumelich. —

2. Bd. 1842. S. 1—5 Allerhand zu Gudrun. — S. 5—8 Siozu. — S. 188—190 Z. d. Merseburger Gedichten. — S. 191 Credo mihi. — S. 191—192 Das er örtlicher Appellative unadjektivisch. — S. 192 Frau kein wildes Tier. — S. 252—257 Schon mehr über Phol. — S. 257—267 Die ungleichen Kinder Evas. — S. 268—275, S. 571 f. Über Umlaut und Brechung. — S. 275—276 Vorangestellte Genitive. — S. 569 War die Eibe. —

3. Bd. 1843. S. 134—139 Zur Syntax der Eigennamen. — S. 139—151 Mannesnamen auf —chari, —hari, ar. S. 151—158 Jonakr. u. f. Söhne. —

4. Bd. 1844. S. 500—508 Schwed. Volkssagen. — S. 508—511 Jahrsgang. — S. 511—512 Die Mühlrabsprache. — S. 581 Erklärung (d. Anhang d. Mythol. betr.).

5. Bd. 1845. S. 1—2 Wodan und Frea bei den Winilen. S. 2—5 Die Heldensage v. Alphere u. Walthere. — S. 6 bis 10 Abor u. d. Meerweib. — S. 69—72 Phol äthiop. König. — S. 72—74 Der heil. Hammer. — S. 74—75 Zu Zeitschr. I, 29 u. III, 384. — S. 234—240 e und ê. S. 494—504 Der Woldan.

6. Bd. 1848. S. 1—15 Die 5 Sinne. — S. 186—187

Der tugendhafte Schreiber. — S. 189—191 Bisleht. —
S. 539—540 Einige got. Eigennamen. — S. 541—542
Himmel u. Gaume. — S. 543—545 Grün u. kühn. —
S. 545—547 Die Sprachpedanten. — S. 548 Goten u.
Geten. —

7. Bd. 1849. S. 385—394 Der Rothalm. — S. 395
Der thrak. Gothila. — S. 441 Aihvatundi. — S. 448
bis 452 Wer. — S. 452—455 Darf. — S. 455—456
Nahtam. — S. 456—458 Trauern. — S. 458—459
Pleon. — S. 460—461 Seife. — S. 461—462 Got.
mundos, ahd. muntar. — S. 462 Surdus. — S. 463
Selmo. — S. 464—465 Lasemonat. — S. 465—467
In. — S. 467—468 Dilbe. — S. 468—470 Käse.
S. 470—471 Sigifrem. — S. 471—476 Die Batten.
— S. 477 Hängens spieken. — S. 559—561 Keverlinge=
burg. — S. 562—563 Z. Crede mihi II, 191. —

8. Bd. 1851. S. 1—6 Jorcus u. Zivelles. — S. 6—11
Jönkan. — S. 11—13 Einem Gebesten. — S. 14—20
Beginnen. — S. 20—21 Achselbänder der Frauen. — S.
385—389 All, also, als. — S. 389—394 Almeinbe. —
S. 394—396 Scuopuoza. — S. 397—422 Albrecht von
Halberstadt. — S. 464—466 Albertus scolasticus. —
S. 542—544 In welchem Zeichen man Freunde kiesen solle.
— S. 544—549 Üb. d. sog. mitteldeutschen Vokalismus.

Von Wilhelm: 1. Bd. 1841. S. 30—33 Freidanks
Grabmal. Auch Kl. Schr. v. W. Gr. IV, S. 1—4. —
S. 34—39 Unser Frauen Klage. — S. 423—428 Zu
Wernher v. Niederrh. —

2. Bd. 1842. S. 248—252 Witege mit den Slangen.
Auch Kl. Schr. v. W. Gr. III, S. 134—137. — S. 371
bis 380 Zu Silvester. —

3. Bd. 1843. S. 281—288 Der Epilog z. Rolandsliede.
Auch Kl. Schr. v. W. Gr. III, S. 200—207. —

5. Bd. 1845. S. 381—384 Zu Walther v. d. Vogelweide.
Auch Kl. Schr. v. W. Gr. III, S. 208—211. —

6. Bd. 1848. S. 321—340 Wiesbader Glossen. Auch Kl.
Schr. v. W. Gr. III, S. 568—588. —

9. Bb. 1853. S. 192 Erklärung. Auch Kl. Schr. v. W. Gr. II, S. 506.

10. Bb. 1856. S. 1—142 Marienlieder. — S. 307 bis 310 Zwei Meisterlieder. Auch Kl. Schr. v. W. Gr. IV, S. 464—467. —

11. Bb. 1859. S. 209—210 u. 238—243 Zum Frei-dank. Auch Kl. Schr. v. W. Gr. IV, S. 117—124. — S. 210—215 Span. Märchen. Auch Kl. Schr. v. W. Gr. IV, 352—360. — S. 243—253 Bruchstücke einer Be-arbeitung des Rosengartens. — S. 536—562 Der Rosen-garten. — Beide Auff. auch Kl. Schr. v. W. Gr. IV, S. 468—503. — S. 594—595 Holzschnitt z. e. Fabel. Auch Kl. Schr. v. W. Gr. IV, S. 395—399. —

12. Bb. (abgeschlossen 1865) S. 185—203 Die Sage v. Athis u. Prophilias. Auch Kl. Schr. v. W. Gr. III, S. 346—366. — S. 203—228 Die myth. Bedeutung des Wolfes. Auch Kl. Schr. v. W. Gr. IV, S. 402—427. — S. 228—231 Üb. eine Tierfabel d. Babrius. Auch Kl. Schr. v. W. Gr. IV, S. 395—399.

In d. Zeitschr. f. deutsches Recht v. Reyscher. Leipzig 1841. V. Jakob: S. 1—29 Üb. die Notnunft an Frauen.

In d. Jahrbüchern f. wissenschaftl. Kritik. 1841 u. 1843. Rezensionen v. Jakob, desgl. 1844 u. Vorrede z. Thomas, der Oberhof z. Frankfurt a. M., S. III—XVI.

In d. Abhandlungen d. Königl. Akademie d. Wissen-schaften z. Berlin. (Philos.-histor. Kl.) V. Jakob: 1842, S. 1—26 Üb. 2 entdeckte Gedichte aus d. Zeit d. deutschen Heidentums.

1843, S. 109—142 Deutsche Grenzaltertümer. Beide Auff. auch Kl. Schr. v. J. Gr. II, S. 1—74. — S. 143 bis 256 Gedichte d. Mittelalters auf König Friedr. I. Auch einzeln (Berlin 1844) u. Kl. Schr. v. J. Gr. III, S. 1—102. —

1845, S. 181—244 Diphthonge nach weggefallenen Konso-nanten. —

1846, S. 1—59 Über Jornandes. Beide Auff. auch Kl. Schr. v. J. Gr. III, S. 103—235. —
1847, S. 187—220 Üb. das Pedantische in d. deutsch. Spr. Auch Kl. Schr. v. J. Gr. I, S. 327—373. — S. 429—460 Üb. Marcellus Burdigalensis. Auch einzeln (Berlin 1849) u. Kl. Schr. v. J. Gr. II, S. 114—151. —
1848, S. 121—151 Üb. Schenken u. Geben. Auch Kl. Schr. v. J. Gr. II, S. 173—210. —
1849, S. 153—190. Üb. Schule, Universität, Akademie. Auch einzeln (Berlin 1850) u. Kl. Schr. v. J. Gr. I, S. 211—254. — S. 191—274 u. 545—547 Üb. das Verbrennen der Leichen. Auch Kl. Schr. v. J. Gr. II, S. 211—313.
1851, (Gesamtakademie.) S. 1—XVI, Rede auf Lachmann. Auch Kl. Schr. v. J. Gr. I, S. 145—162. — (Philos.- hist. Kl.) S. 103—140 Üb. d. Ursprung d. Sprache. Auch einzeln (Berlin 1851, 1852, 1858, 1862, 1867) u. Kl. Schr. v. J. Gr. I, S. 255—298. — S. 141—156 Üb. d. Liebesgott. Auch einzeln (Berlin 1851) u. Kl. Schr. v. J. Gr. II, S. 314—332 u. S. 361—384. — S. 715—720 Üb. eine Urkunde d. 12. Jahrh. Auch Kl. Schr. v. J. Gr. S. 333.—365. —
1852, S. 105—132 Üb. Frauennamen aus Blumen. Auch einzeln (Berlin 1852) u. Kl. Schr. v. J. Gr. II, S. 366—401. —
1854, S. 305—332 Üb. d. Namen des Donners. Auch einzeln (Berlin 1853) u. Kl. Schr. v. J. Gr. II, S. 402—438.
1855, S. 51—68 Üb. d. Marcellischen Formeln. Auch einzeln (Berlin 1855) u. Kl. Schr. v. J. Gr. II, S. 152 bis 172. —
1856, S. 1—64 Üb. d. Personenwechsel i. d. Rede. Auch einzeln (Berlin 1856) u. Kl. Schr. v. J. Gr. III, S. 236—311.
1858, S. 1—31 Üb. einige Fälle der Attraktion. Auch einzeln (Berlin 1858) u. Kl. Schr. v. J. Gr. III, S. 312 bis 348. S. 33—88 V. Vertretung männlicher durch weibl. Namensformen. Auch einzeln (Berlin 1858) u. Kl. Schr. v. J. Gr. III, S. 349—413.

1859, (Gejamtaf.) S. 1—23 Rede auf Schiller. Auch
einzeln (Berlin 1859 u. 1860) u. Kl. Schr. v. J. Gr. I,
S. 374—398.

Von Wilhelm: 1842, S. 121—175 Die Sage vom
Ursprung der Christusbilder. Auch einzeln (Göttingen) u.
Kl. Schr. v. W. Gr. III, S. 138—199.
1846, S. 347—367 u. 1852. S. 1—16 Athis und
Prophilias. Auch Separatabbruck u. Kl. Schr. v. W. Gr.
III, S. 212—345.
1848, S. 425—511 u. 1853, S. 159—162 Exhortatio
ad plebem christianam, Glossae Cassellanae. — Über die
Bedeutung d. deutschen Fingernamen. Auch Separatabbr.
u. Kl. Schr. v. W. Gr. III, S. 367—471.
1850, S. 331—413 und 1851, S. 257—261 Über
Freibank. Auch Separatabbr. u. Kl. Schr. v. W. Gr. IV,
S. 5—97. — 1850, S. 415—436 Altdeutsche Gespräche und
1851, S. 235—255. Auch einzeln (Göttingen) u. Kl.
Schr. v. W. Gr. III, S. 472—515. —
1852, S. 521—713 Zur Geschichte des Reims. Auch
einzeln u. Kl. Schr. v. W. Gr. IV, S. 125—341.
1855, S. 1—27 Tierfabeln b. d. Meistersängern. Auch
Kl. Schr. v. W. Gr. IV, S. 366—394.
1856, S. 602—604 Bericht über eine Jnschr. auf einem
in d. Wallachei ausgegr. g. Ring. Auch Kl. Schr. v. W.
Gr. III, S. 132—134.
1857, S. 1—30 Die Sage v. Polyphem. Auch Kl. Schr.
v. W. Gr. IV, S. 428—462.
1859, S. 483—500 Bruchst. aus ein. unbekannten Gedicht
v. Rosengarten. Auch Kl. Schr. v. W. Gr. IV, S. 504—523.
Im Berliner Taschenbuch v. Klette 1843. B. Wilhelm:
S. 168—173 Märchen v. Meister Pfriem.
In d. Zeitschr. f. Geschichtswissensch. v. Schmidt.
Berlin. B. Jakob: 1844, S. 266—272 Üb. d. neue
Ausg. Mösers. Auch Kl. Schr. v. J. Gr. V, S. 344—
349. — 1845, S. 96 Üb. d. tret. Mnoten. Auch Kl.
Schr. v. J. Gr. V, S. 467. — S. 256—282 Italien.
u. skandinavische Eindrücke. Auch Kl. Schr. v. J. Gr. I,

S. 57—82. — S. 348—353 Griech. Volksglaube aus
heidn. erw. Auch Kl. Schr. v. J. (Gr. V, S. 354—358.
— Bd. 4. 1845, S. 544—545 Nachtr. z. v. Auff. üb.
b. z. Abend Speisen b. b. Göttern. Auch Kl. Schr. v. J.
(Gr. V, S. 358—359.

,In b. Allgem. Zeitschrift f. Geschichtswissensch. 1846.
B. Jakob: S. 453—460 Gegen Albert Schotts Welfen
u. Gibelinge. Auch Kl. Schr. v. J. (Gr. V, S. 365—371.
— S. 473 Anfrage (üb. Vincentius bellovac.).
,In Antiquarisk tidskrift. Kjöbenh. 1845. Bd. 1, S.
67—73. Von Jakob: Om oldnordiske egennavne i en
i Reichenau skreven u. s. w. Auch Kl. Schr. v. J. (Gr.
V, S. 349—354.
,In b. Monatsberichten b. Berlin. Akademie. B.
Jakob: 1845, S. 109—113 Üb. b. Samml. deutsch.
Minnelieder z. Paris. Auch Kl. Schr. v. J. (Gr. V, S.
359—362. — 1847, S. 175 Üb. sinn. Wörter. Auch
Kl. Schr. v. J. (Gr. II, S. 112—113. — 1848, S. 57
bis 58 Bemerk. z. Munchs Auff. üb. b. Inschrift auf b. b.
Gallehuus gef. g. Horne. Auch Kl. Schr. v. J. Gr. II,
S. 39—56. — 1849, S. 129—134 Stellen b. Jornandes,
„Herobot", Claudian (b. Goten betr.). — S. 238—244,
S. 337—345 Üb. b. roman. Genitive Plur. — 1850,
S. 17—18 Zur althochdeutschen Formlehre: piru,
pliruz stiruz. — S. 74—77 Üb. b. Wörter Wolf u. Wölfin.
— S. 111—115 Üb. b. Feuergeschrei. — S. 207—209
Üb. b. Anfertigung b. Sarges b. Lebzeiten. — 1851, S.
99—103 Üb. eine Tierfabel. — S. 107—112 Üb.
2 Stellen b. Sidonius Apollin. — 1852, S. 211—214
Scholie zur Lysistrata. (D. in Bd. 1849—1852 enth.
Auff. auch in Kl. Schr. v. J. (Gr. V, S. 371—410.) —
S. 527—530 Üb. Runen, welche in Frankr. gef. —
1854, S. 697—698 Üb. bas Vorkommen bes Wortes
Wörterbuch im 17. Jahrh. — 1845, S. 42—43 Ber.
üb. G. Landaus b. Gaues Wettereiba. — 1856, S. 187
Üb. b. Kelticität b. Marcell. Formeln. Auch Kl. Schr.
v. J. (Gr. V, S. 410—411. — S. 437—440 Üb. b.

runische Inschr. am Löwen zu Venedig. — 1857, S. 146
bis 147 Üb. d. Wörter Weinkelter u. Traube. — S. 154
bis 157 Üb. d. Verbreitung d. Todes u. d. Lebens. — S.
174—176 Ber. üb. Helfferichs Reise b. Spanien. —
1859, S. 254—258 Üb. d. Göttin Tanfana. — S. 413
bis 423 Üb. d. Gött. Freia. — S. 515—524 Üb. d.
(G. Venbis. — S. 721—723 Üb. d. Lautumstellung. —
1861, S. 455—458 Üb. Maue. — S. 837—845
Üb. einige got. Wörter. (D. in Bb. 1857—1861, enth.
Auff. auch in Kl. Schr. v. J. (Gr. V, S. 411—452. —
Ferner Anzeigen üb. i. b. Akab. v. 1842—1862 geh. Vor=
träge abgebr. teilw. in Kl. Schr. v. J. (Gr.: 1, S. 299—326.
Üb. Etymologie u. Sprachvergleichung (angez. 1854). — II,
S. 439—462 Vom Gebet (angez. 1857). — III, S. 414
bis 428 Der Traum v. d. Schatz auf d. Brücke (an=
gez. 1860).
In d. Zeitschr. f. d. Wissensch. d. Spr. v. Hoefer, Berlin.
1845. V. Jakob: S. 13—55 Über d. finnische Epos.
Auch Kl. Schr. v. J. Gr. II, S. 75—112. —
Vorrede z. Rößler, Deutsche Rechtsbenkmäler aus Böhmen und
Mähren. Prag. 1845. V. Jakob: I—VIII.
Vorrede z. Basile, Der Pentamerone, übertr. v. Liebrecht.
Breslau. 1846. V. Jakob: S. V—XXIV.
Im Philologus, v. Schneidewin. Stolberg. 1846. V.
Jakob: S. 340—343 V. Singen der Schwerter u. Pfannen.
Verzeichnis im J. 1845 in Berlin lebender Schriftsteller.
Athenaeum in Berlin. 1846. V. Wilhelm: S. 114—115
Autobiograph. Notizen. Auch Kl. Schr. v. W. (Gr. 1, S. 27.
In b. Verhanblungen b. Germanisten z. Frankf. a. M. Frankf.
1847. V. Jakob: S. 11—18 Vortr. üb. d. wechselseit.
Beziehungen u. b. Verbinb. b. 3 in b. Versamml. vertret.
Wissenschaften. — S. 58—62 Vortr. üb. d. ungenauen
Wissensch. — S. 103—105 Vortrag üb. d. Namen der
Germanisten.
    Von Wilhelm: S. 114—124 Ber. über d. deutsche
Wörterb. Auch Kl. Schr. v. W. Gr. 1, S. 508—520.
Vorrede z. Schulzes got. Glossar. Magbeburg. 1847. V.
Jakob. S. I—XXI.

Im Kosmos v. Alexander v. Humboldt. Stuttgart. Bd. II.
1847. V. Wilhelm: Üb. die Naturbeschreibg. in b. beutsch.
Volksepos u. b. Minnegesang. Auch Kl. Schr. v. W. Gr.
I, S. 523—525.
Im Stenograph. Ber. üb. b. Verhanblgen. b. beutsch.
konstituierenden National-Versammlg. Wigarb.
Frankf. a. M. 1848. B. Jakob: I, S. 166—167 Vortr.
üb. Geschäftsorbng. — S. 289—290 Vortr. üb. Schleswig-
Holstein. — S. 337 Vortr. üb. Grunbrechte. II, S. 1310
bis 1312 Vortr. üb. b. Abel i. b. beutsch. Litteratur. —
Vorrebe zur Lex Salixa. Merkel. Berlin. 1850. Von
Jakob: S. III—LXXXVIII.
B. Jakob: in Konic Ermenrikes dôt, herausg. v.
Goebeke. Hannover 1851: Brief.
Im Litterar. Centralbl. v. Zarncke. Leipzig. V. Wilhelm:
1851—1855. Rezensionen. — 1857 Nr. 21, S. 335 bis
336 Z. b. Kinber- u. Hausmärchen. — Nr. 26, S. 413
bis 414 Üb. Bernhard Freibank. — 1858. Nr. 48, S.
771—772 Zurechtweisung. Sämtl. 3 Aufs. auch Kl. Schr.
v. W. Gr. II, S. 506—510.
In b. Zeitschr. f. vergl. Sprachforschg. Aufrecht u. Kuhn.
Berlin. B. Jakob: 1852. S. 79—83 Scabo. — S.
96 Üb. eine alb. Abkürzungsw. — S. 144—148 Üb. e.
Konstr. bes Imperativs. — S. 206—210 Sâgara. —
S. 210—211 Kôlâhaha. — S. 429—434 Frauennamen
auf niwi. — S. 434—438 Vanbe.
J. b. Zeitschr. f. beutsche Mythologie u. S. Wolf.
Göttingen. V. Wilhelm: 1853. S. 1—3 Zwei Tier-
märchen. — S. 377—381 Albanes. Märchen. — S. 381
bis 383 Der Swinegel. — S. 383—384 Volkslied aus
b. 16. Jahrh. — 1855. S. 2—7 Die Himmelsstürmer.
— Sämtliches auch Kl. Schr. v. W. Gr. IV, S. 363—365,
347—351, 361—362, 463, 342—346.
B. Jakob: 1855. S. 1—2 Reime aus b. Kinberleben.
Vorrebe z. Wuk Stephanowitsch Volksmärchen b. Serben,
übers. v. s. Tochter Wilhelmine. Berlin. 1854. V. Jakob:
S. V—XII.

Vorrede z. Der beutsche Christus. Candibus, Leipzig 1854.
B. Jakob: S. V—VIII.

In Germania. Pfeiffer, Stuttgart. B. Jakob: 1856.
S. 18—33 Üb. b. zusammenges. Zahlen. — S. 129—133
☉ ist HV. — S. 233—237 Kl. Mitteilungen. Üb. b.
Ludwigslied. Der Le am Seestranbe. Zum Muspilli. —
S. 484—485 Der Graumantel. Sinbôs. —
1857, S. 298—306 u. 445—448 Joh. Lauremberg. —
S. 377—378 Partizip. Präs. s. Krankheiten. — S. 380
bis 382 Rezension. — S. 410—418 Üb. e. Fall b.
Attraktion. — S. 477—480 König Heinrichs Lieder. —
1858, S. 1—6 Hlib. Scelb. Drep. — S. 48—51 Z. b.
altbeutschen Gesprächen. — S. 147—151 Die ahb. Präterita.
S. 151—154 D. deutsche Instrumentalis. —

In b. Nachrichten v. b. Georg=Augusts=Universität u. s. w.
z. Göttingen 1856. B. Jakob: Nr. 4. S. 94—108
Üb. u. z. Heinrichs v. Herforb Chronik.

In Willems, Nalatenschap. u. s. w. Gent 1858. Von
Jakob: Brief S. LXI.

Im Jahrb. b. gemein. beutsch. Rechts. Bekker. 1857. B.
Jakob: S. 257—265 Recht v. Hiesfelb.

Für b. Friebhof b. evang. Gem. in Graz u. s. w. Herausg.
v. K. v. Holtei. Wien 1857. B. Wilhelm. S. 4—7
Der Segen b. Vaters u. b. Mutter. Auch Kl. Schr. v. W.
Gr. I, S. 584—586.

In Michaelis. Üb. b. Anorbnung b. Alphabets. Berlin
1858. B. Jakob: S. 41—46 Üb. b. s. Ch, Sch, Sz
vorgeschlag. Zeichen.

Genaueres über Rezensionen u. Bücheranzeigen der Brüder
Grimm:
    Kleinere Schriften v. Jakob Grimm. V, Berlin 1871.
S. 485—502.
    Kleinere Schriften v. Wilhelm Grimm. Herausg. v.
G. Hinnrichs. Gütersloh 1887. IV, S. 642—659.

B. Briefe der Brüder Grimm.

I. Brüder Grimm: Briefwechsel zwischen Jakob u. Wilhelm Grimm a. d. Jugendzeit. H. Herman Grimm u. Gustav Hinrichs. Böhlau 1881. — Br. zwischen Jakob und Wilhelm Grimm, Dahlmann u. Gervinus. H. Ippel; Dümmler 1885. — Briefwechsel der Brüder Grimm mit nordischen Gelehrten. E. Schmidt. Dümmler 1885. — Freundesbriefe v. W. u. J. Grimm. Reifferscheid, Henninger. Heilbronn 1878.

II. Jakob Grimm: Briefe an Tydeman. H. demf. Herausg. u. Verl. 1883.

III. Wilhelm Grimm: Kuhns Zeitschr. f. deutsche Philol. 1870. S. 193 u. f., v. Zacher: Briefwechsel zwischen Lachmann u. W. Grimm (Briefe W. Grs. v. 31. Mai 1820, 3. Juli 1820 u. 26. Juli 1821).

C. Schriften über die Brüder Grimm.

W. Scherer, Jakob Grimm. Berlin 1885.

E. Labes, im Jahresbericht der höheren Schulen Rostocks v. 1887. „Die bleibende Bedeutung der Brüder Grimm für die Bildung der deutschen Jugend, an den Märchen, Sagen, der Heldensage u. s. w. dargelegt."

K. Landmann, in Lyons Zeitschr. f. d. deutsch. Unterricht, 5. Jahrg., 7. H. 1891. S. 447 u. f. „Richard Wagner als Nibelungendichter."

K. Goedeke, Göttinger Professoren. Gotha 1872.

G. Waitz, Zum Gedächtnis an J. Grimm.

Fr. Baudry. Les frères Grimm e. c. Paris 1864.

Rudolf von Raumer. Geschichte der germanischen Philologie.

Andresen. Über die Sprache J. Grimms. Leipzig 1869.

Vergl. auch oben S. 164: Justi, Grundlage u. s. w. — Autobiograph. Notizen. S. 164 (Gesch. d. Univ. Göttingen). — S. 171. Verz. in Verl. leb. Schriftst.

D. Anmerkungen.

1. Hinsichtlich der Zeit, während deren beide Brüder das Kasseler Lyceum besuchten, weichen ihre Angaben um 1 Jahr von einander ab. Nach Jakob bezogen beide dasselbe 1798, und zwar nennt er dieses Jahr zweimal (Justi, S. 149 u. 150): „Diese ließ mich und meinen Bruder Wilhelm also im Jahre 1798 nach Kassel kommen — damit wir uns auf dem dortigen Lyceum ausbilden sollten." — „meine Kasseler Schuljahre von 1798—1802". Auch ist der Brief, in welchem Jakob seiner Mutter seine und Wilhelms Ankunft in Kassel anzeigt (H. Grimm, Briefwechsel zwischen Jakob u. Wilh. Grimm, S. 1) vom 30. September 1798 datiert. Nach Wilhelm (Justi S. 169) wären sie erst „im Herbst 1799" nach Kassel auf das Lyceum „geschickt" worden, welches er erst (S. 170) „Frühjahr 1804" verlassen hätte. Da nun Jakob sagt (S. 151) „Im Frühjahr 1802, ein Jahr früher als Wilhelm — bezog ich die Universität Marburg, so müßte er nach Wilhelms Darstellung 1802 fälschlich für 1803 angegeben haben. Das Jahr 1803 stimmt jedoch nicht zu den weiteren Angaben. Denn Jakob war im Kriegsjahr 1806 bereits Accessist im Kriegskollegium (Justi S. 154—155). Das Jahr vorher weilte er vom Februar bis September in Paris; dies kann daher nur, wie er selbst angiebt, das Jahr 1805 gewesen sein. Als er im Januar 1805 die Aufforderung, nach Paris zu kommen erhielt, „studierte" er in seinem „letzten Halbjahre". Nimmt man das übliche Triennium als Dauer seines Studiums an, so ergiebt sich als Anfang desselben 1802. Würde nun erst Herbst 1799 von beiden das Kasseler Lyceum bezogen worden sein, so wäre Jakob nur $2\frac{1}{2}$ Jahre dort gewesen. In dieser kurzen Zeit konnte er aber die Klassen von Unterquarta, wo er eintrat (S. 149), bis Oberprima nicht durchmachen. Mithin werden seine und nicht Wilhelms Angaben die richtigen sein, welcher Herbst 1799 mit Herbst 1798 verwechselt

und dann die Jahre seines Kasseler Aufenthaltes (4¹/₂) hinzu=
gezählt zu haben scheint, so daß er auch fälschlich 1804 für 1803
als Anfang seiner Studienzeit nennt.

2. Zu S. 16. Das Wort des Besitzes 1850 (Anh. A I,
S. 155).

3. Hempels Ausg. Herber XIV. T. Abrastea. S. 235.

4. W. Scherer, Jakob Grimm, S. 139.

5. R. Wagners ges. Werke. IV, S. 230—344 und IX,
S. 300.

6. Hempels Ausg. J. Paul 54 T. S. XIII, S. 67 u. 71. —

7. Zacher in Kuhns Zeitschr. f. Philol. II, 1870, S.
193 u. f.